ビリギャルが
またビリになった日

纵身一跃

垫底辣妹 增订版

自传

中国出版集团

东方出版中心

［日］小林沙耶加 著 匡轶歌 译

图书在版编目（CIP）数据

纵身一跃：垫底辣妹自传／（日）小林沙耶加著；
匡轶歌译. －增订本. －上海：东方出版中心，
2024.4
ISBN 978-7-5473-2382-3

Ⅰ.①纵… Ⅱ.①小…②匡… Ⅲ.①传记文学-日
本-现代 Ⅳ.①I313.55

中国国家版本馆CIP数据核字（2024）第076777号

BIRIGYARU GA, MATA BIRI NI NATTA HI BENKYOU GA DAIKIRAI DATTA WATASHI GA、34SAI DE BEIKOKU MEIMON DAIGAKUIN NI IKU MADE
© Sayaka Kobayashi 2022
All rights reserved.
Original Japanese edition published by KODANSHA LTD.
Publication rights for Simplified Chinese character edition arranged with KODANSHA LTD. through KODANSHA BEIJING CULTURE LTD. Beijing, China.

上海市版权局著作权合同登记：图字09-2024-0188号

纵身一跃：垫底辣妹自传（增订版）

著　　者　[日]小林沙耶加
译　　者　匡轶歌
责任编辑　王欢欢
装帧设计　赵　瑾

出 版 人　陈义望
出版发行　东方出版中心
地　　址　上海市仙霞路345号
邮政编码　200336
电　　话　021-62417400
印 刷 者　上海盛通时代印刷有限公司

开　　本　890mm×1240mm　1/32
印　　张　8.75
插　　页　1
字　　数　134千字
版　　次　2024年4月第1版
印　　次　2024年4月第1次印刷
定　　价　49.00元

目　录

第1章

一步步沦为
"垫底＋辣妹"

第2章

直面挑战的
五项必要条件

写在前言之前(2022－11)

    2018 年,冬。我与恩师坪田信贵,即《垫底辣妹》一书的作者,共同出席了某次宴会活动。散席后回家的途中,天空下起雨来,我们一道乘上了出租车。时隔许久与坪田老师再度会面,我开心到飞起,生怕机会就此溜走,迫不及待向他汇报起自己的近况。当时的我,几乎每天都在全国各地飞来飞去,巡回发表演讲,为"振兴和改良日本教育",燃烧着满腔热忱。当我热火朝天倾诉着内心的所思所感时,坪田老师回了这么一句话:"所以啊,你得走出国门开开眼界才行。否则,光是对日本国内的教育现状有些片面了解,何以奢谈'教育'二字呀。"

    早前《年级倒数第一的辣妹如何一年内偏差值跃升 40 点,成功考入名校庆应大学》(坪田信贵著,KADOKAWA 社,2013 年版,简称《垫底辣妹》)出版之际,我只是一名婚礼策划师。老实讲,关于教育问题,在此之前我从未认认真真思考过。但是随着《垫底辣妹》影响力不断扩大,慢慢也有一些演讲活动的筹办方发来邀请,"希望您面向孩子们谈谈感想"。真有人愿意听我的看法？我揣着疑问去往活动现场，却发现孩子们眼神闪闪发亮，期待着听我发言。在那里，我邂逅了无数对"改革教育现状"满怀热忱的老师，以及为育儿问题忧心不已的家长。渐渐地，我开始渴望学习更多的教育专业知识，与听众们携起手来，共同面对和解决那些烦恼。为此，我曾在札幌的一所高中从事实习工作，随后又进入圣心女子大学研究生院攻读了教育学课程。

然而，坪田老师在出租车内的那句话，却扑通一声重重砸进我心里。原因在于，我原本就为自己毕业后没能出国深造一直后悔不已。况且，以《垫底辣妹》原型人物的身份马不停蹄四处演讲，这样的环境对我来说，正逐渐变成彻底的舒适区。我感到自身毫无成长，心中不免焦虑，同时也隐隐有所醒悟：光靠这样不停地演讲，终究无法从根基处撬动那些自己意欲改进的教育问题。

但是话说回来，此时我已经三十岁了，英语又半生不熟……如此这般，每天给自己寻找各种借口，迟迟下定不了决心。"就算不出去留学，在国内应该也能获得成长……""可以从事的工作那么多呢，留在日本也大有可为……""要是二十来岁的话，恐怕还能折腾折腾……"不去行动的理由要多少有多少，总是接二连三层出不穷。

不知高中时期那个成绩垫底的小辣妹，那个明明脑袋空空，却自觉所向无敌的我，看到今时今日的自己，口中会吐出什么风凉话来。"你到底也成了个乏味无趣的大人嘛。""整天站在大众面前耍嘴皮子，这就是你的人生方式?"或许她会如此嘲弄吧。我仿佛看见，当年的自己正静静地冷眼打量着我。

学习、深造，并非孩子或学生的专属。身为成人，才更应当勤学不辍，以勇于挑战新知的姿态，为孩子们做出表率。这，方是最有效的教育。通过以往所参与的教育活动，我本该对此深有感触。

没错，我之所以会发生脱胎换骨的转变，也是由于邂逅了一位"酷毙了的大人"。与坪田老师初次见面那一刻，我不禁惊讶，"纳尼?

世上居然还有这么有趣的大人?!"于是连看待世界的眼光也随之改变,当时便暗下决心:"我也要成为他那样的人。"

"我也要成为这样的大人"——能够使后辈如此甘心追随和效仿的成年人,这样的人越多越好。然而现实是,以我目前的人生方式,压根无法给后辈任何启发与指导,一丝一毫的说服力也不具备。这一次,轮到我把从坪田老师手中接过的火炬传递下去了。为此,我必须不断挑战,持续精进。

于是,我拿定主意:离开熟悉的此处,在某个陌生之地,踏出新的一步。英语水平差?学就完了。遇到问题不知道该怎么办?请教懂行的人就行了。

就这样,仿佛被后辈们敦促着、推动着,我重新振作精神,在疫情爆发前夕的 2020 年,终于做出了留学的决定。"我要去美国的顶尖学府进修教育专业!"这个目标对我来说,难度远超高考,是个无比巨大的挑战。

而此时此刻,我正在美国纽约走笔写下这篇序文。自2022年9月起,我将在哥伦比亚大学教育学院,以认知科学为核心,针对"人类的学习行为"进行为期两年的专业研究。

　　34岁"高龄"才初次踏上留学之路,老实说,所遇阻碍之大,时时令我有四处碰壁、进退无门之感。首先,最大的难关便是语言壁垒,即话语不通。即便拿到了托福考试100分的成绩,充其量我也只是闭门填鸭了两年英文,和那些本身以英文为母语的同学相比,终究不可同日而语。听不懂朋友在说什么,导致无效沟通、鸡同鸭讲,是身在国内时鲜少会有的体验。课堂上,对教授抛出的笑话,大家会齐声大笑,唯有我茫然不知笑点在哪里。至于授课的内容,有一多半我听不懂,只能征得同意,享受特殊待遇,将内容全程录音,回到家中一遍遍反复重播,直听到弄懂为止。同学之间的课题讨论,大家为了理解我的发言,总是费尽力气。意识到这一点,我心里格外焦灼。每周教授总会布置海量到难以置信的阅读作业,同学们只需花费两小时就能读完的文献,我往往要耗上两天。在异国的求学环境里,我又一次以"压倒性的实力",成了众位同学之中"垫底"的那个人。

顺便一提,在美国的学校里,不存在方方面面都要与他人比较、非得排出名次、一争高低的文化风气。所以大家脑子里不太有什么"垫底",亦即"最下位"的概念。不过,我对"垫底"这个冠名早已习以为常,很想放胆拿来再用一用。

因为"垫底辣妹"这个称号,不单只有字面之意,它更意味着,"别看我现在远远落后于人,但一定会努力登顶给诸位瞧瞧!"是日本的初高中生们,赋予了它这样的意涵。如今,我已不再有辣妹的外表,但我希望能终生拥有一种"本人无往不胜!尽管放马过来!"的辣妹精神。况且,正是在眼下的处境中,我更认为"垫底无敌!""一切将从这里开始!"这样说或许有些奇怪,但垫底对我而言,的确是个"而今迈步从头越"的出发点,自有它积极正面的含义。本书的标题《纵身一跃:垫底辣妹自传(增订版)》,正是在这样的心境之下拟定的。

成长,邂逅新人新知,自信不疑,向着下一个目标冲刺——我确信,眼下除了不顾一切伸展触角向上进取,此外别无其他选择的绝境,必定会再次为我带来巨大的收获。明明稳坐榜尾,却每天摩拳擦掌、跃跃欲试的沙耶加,的确是"有点子不凡在身上"的,并非咱们这种普通人所能企及——身为读者的你,恐怕心里会这样嘀咕吧? 我认为,这是一种顽固的思维定式。即便是我,也时常灰心丧气,遇事也会哭哭唧唧(岂止也会,简直是家常便饭)。不过,只要不放弃"我能行! 我可以!"的信念,眼前的世界就会徐徐改变。将微小的成功体验一点一滴日积月累,面对挑战时,阻拦你的障碍便会越来越低。

　　坪田老师前些日子也曾感慨:"你内心的信念感似乎比昔日更强烈了,所以遇到困难,嘴上虽总在叽叽歪歪哭爹喊娘,行动上却总能稳稳地达成目标。""确实哦!"听完老师一席话,我居然觉得挺在理。我发起的所有挑战,都是在这种"我能行! 我可以!"的强烈信念驱使下开始的。

首先，勇闯异国的收获之一，便是发自心底认识到"年龄与性别不是做事的阻碍，或裹足不前的借口"。在美国，辞去工作或办理停薪留职重回校园读书的人不计其数。甚至有人一面工作，一面育儿，一面攻读学位。夫妇二人结伴留学的例子，更是多得惊人。尤其我所就读的哥伦比亚大学教育学院，女生数量之多，简直让人疑惑"莫非这里是所女校？"还有有的女性，丈夫包揽了全部家务来支持她求学（顺便说我家也是如此）。令我不禁后悔，"当初自己到底在纠结什么啊？早点出来闯闯该多好！"

　　是以，我才决定写下这本书。此书是在 2019 年出版的《纵身一跃：垫底辣妹自传》（日文原题为《写给闪闪发光的你》，中文简体版更名为《纵身一跃》）的基础上，增添了若干篇目而成。

　　当初之所以出版《纵身一跃：垫底辣妹自传》，是为了鼓励那些无缘无故陷于自卑之中，满心以为"只怪我脑子不好……"，从而封印了自身可能性的学弟学妹。眼见他们纵使有心挑战，却迟迟不敢向前踏出一步,我着实心有不甘。所以,我认为应当直接面向学弟学妹们喊话,哪怕多一个人听到我的鼓励也好。总之,正是在这种发心之下,我才写出了此书。

不过,随后的四年间,我逐渐意识到一件重要的事:"光是冲着学弟学妹喊话可远远不够,还要设法影响他们周遭的老师、家长,否则现实不会有任何改变。"于是,我决定对前作之中那些闪闪发光的思考进行一次升级,将它翻修成一部新作。同时我更希望,大人们也能好好读一读它。

所以,如今的这部《纵身一跃:垫底辣妹自传(增订版)》,是由当初30岁的我(第1—5章)和眼下34岁的我(第6—7章)共同执笔完成的。我把这4年间已经发生变化的状况与观点,经由自己的视角重新梳理后,做了一番改写。同时,对那些至今依然想对读者传达的内容,也尽量原封不动保留了下来。

我想借这本书告诉大家,"成年人更应该好好学习,天天向上"。

所谓教育，便是"播种希望与憧憬"。假如大人做不到心怀愿景地快乐生活，从旁耳濡目染的孩子，也会随之丧失挑战困难的意志。因此，我们要通过自己的人生方式，对孩子进行言传身教，让他们明白："人生在世，是一场精彩纷呈的体验，全在于你自己如何去活。"我相信，这样的教育方式，会给孩子的未来铺设一条最为通畅且充满阳光的道路。

这本书，正是我将从坪田老师以及许多前辈那里接过的火炬，传递到诸位手中的一种尝试。

2022 年 11 月

写于纽约

前言 (2019 - 3)

　　小时候,从刚刚懂事那会儿起,麻麻(我对母亲的昵称)就一直告诉我:"沙耶加宝贝,你一定会成为这个世界上最最幸福的人哟,因为你真的是个好孩子。"

　　《垫底辣妹》一书出版后,我曾反复琢磨,"为什么这个考上名校的幸运儿会是我呢?"哪怕被周遭的人齐齐唱衰,"考大学根本没戏!"也决不放弃努力,以一种"混蛋,走着瞧!"的精神和拼命三郎的劲头埋首苦读,最终成功考入顶级学府的人,明明要多少有多少,凭什么这等好事会轮到我?

　　我这个人,并没有什么过人的特长,或特别精通于某个领域,运动神经也平平无奇,平时只爱唱唱卡拉 OK,舞跳得蹩脚不说,还是个恋爱脑,很遭学校老师的嫌弃,对未来更不抱什么梦想。反正,毕业后大概率会随便找个工作干干,跟喜欢的人结婚,生几个小孩,以组建家庭而结局吧——我对自己人生的设想一直如此。

　　不过,高中二年级时,有天,我替弟弟去某间小型的补习教室面谈补习,在那里邂逅了一位令我雀跃不已的大人。他是我这辈子遇到的,第一个愿意好好听我说话的成年人。此人面带几分兴奋地对我说,像你这样的女孩,要是能考上一所名叫"庆应"的大学,那可就太刺激,太好玩啦!

庆应,就是著名乐队"岚"的成员樱井翔出身的大学。那一刻,我平生第一次意识到:"哦?是嘛,原来像我这样的差等生,也有机会读高贵的名校呢。"我当即自说自话立下决心,以后天天来这所补习教室上课,誓死要以应届生身份一举考上庆应!

对此,妈妈全力表示支持,而臭老头(我家老爸)和学校的老师们却一副破了大防的模样,纷纷告诫我,"少开玩笑!"不过,我可是来真格的。因为,我期待拥有快乐精彩的人生,期待有更多机会邂逅形形色色的人,迈入更加广阔的天地。我从未有过"上名校"的想法,只是单纯觉得,那个名叫"庆应"的地方,不知为何犹如一个闪闪发光的"异世界",在等待我前往。

而且,我每天都在想,"管它什么名校不名校,反正,坪田老师说的话太有意思啦! 啊啊,好希望变成他那样的大人耶! 这家伙的人生貌似超爽的! 谈什么奋斗啊、拼搏之类的,听起来既老土又麻烦,可是人生嘛,当然是越有趣越好咯"。身为高中生的我,怀抱这样的初衷,从和坪田老师的谈话中窥见的风景,不知为何闪耀着一片诱人的光亮。为此,我每日伏案长达 15 个钟头,昏天黑地默背各种知识点,以一股拼死的劲头用功苦读,最后终于成功考入了庆应义塾大学。

　　需要一提的是,在复习备考的过程中,我也曾数度萌生打退堂鼓的念头,心里直犯嘀咕:"当初干吗要拿庆应当目标啊? 明明学得这么卖力,偏差值却死活上不去,模拟考试的成绩也一塌糊涂,还是算了吧,我也想和死党们一起玩耍。至于学习,太苦了,太累了,实在是不情不愿啊。"我为此三天两头哭鼻子,还写了一堆丧丧的吐槽日记。

　　不过,如今再回想,当时自己能够死磕到底,真的太棒了。毕竟,只不过付出了一年半的努力,人生就发生了如此翻天覆地的变化呢。

抱着决一死战的信念，为了某个目标倾尽全力，人生之中这样的时刻并不太多。起码作为我来说，并不想一次又一次重复这种经历。不过，誓死为某个目标而全情投入后，所见到的风景会超乎期待地光彩夺目。沿途遇见的人，走过的每一处地方，其精彩程度，无不远远超出高中生的我所能想象的。

　　此外，当我获得"垫底辣妹"的称号以后，更平添了许多精彩体验：拥有了形形色色的感受，了解到各种各样的事情，也明白了不少道理。

　　"是您帮助我改变了人生。"

　　"在您的影响下，我也拥有了跃跃欲试的梦想。"

　　"今后我要尝试多多信任孩子。"

　　真的，无数学弟学妹、家长、老师向我表达感激之情。每当此时我就会想："太好啦！当初的努力没有白费。"通过垫底辣妹这个身份，我对更多人的人生产生了影响，哪怕这种作用多么微不足道。这一结果,是成功考取庆应所带来的、超乎预料的"额外红利"。

活了三十来年,众所周知的垫底辣妹的故事,没错,确实开阔了我的人生,但它充其量只是我人生版图的小小一角。高考之后,我的世界又曾如何扩展、延伸、有怎样命中注定的际遇,这些际遇对如今的我产生了怎样的影响呢?此刻,回首望去我才明白,原来命运的草蛇灰线隐隐相连,踏过的每一步都自有意义。

因此,我把成为"大人"才会明白的道理,当年那个超级差等生的我才能共鸣的感受,以及自己想对学弟学妹们说的话,统统打包,放进了这本书里。

不管发生什么,都对我无条件予以信任的妈妈,是我人生的定海神针。她为我付出的努力,比起我昏天黑地背书做题考取庆应,更艰辛、更持之以恒、更饱含痛楚与泪水,也更不被周遭所理解。然而,她将所谓的面子或世人的眼光抛在一旁,仅凭对孩子深厚的爱意,以及对前途与未来的期待,拼了命地支持我。

"我希望把你培养成能够凭借自身的努力找到兴趣与热爱的人。"

　　这是妈妈唯一的心愿。在这样的理念下，我想，整个育儿过程是十分孤独的，且需要莫大的忍耐力。但正是在她的谆谆教导下，我的人生才有幸收获了许多机遇与经验，一步步朝着光明的方向，越走越开阔。

　　昔日我最厌恶的"臭老头"，如今已和我达成了深度的理解。事实上，他是撑起这个家的超级英雄。从前，我总认为他是个喜欢欺负妈妈的混蛋，到了如今的年纪才明白，其实老爸只是不善袒露内心的温情，想必时常在拙于表达带来的误解与寂寥中默默挣扎吧。长年同我这个乖张顽劣的女儿打交道，老爸大概费尽了心思吧。我暗自反省，当初要是跟他多沟通沟通该多好。所以现在，我总会补偿性地和老爸多聊聊，做到无话不谈。

　　同样，弟弟妹妹也不比我省心多少，总会带着一堆问题和麻烦回家。如今,他们也都成了优秀的社会人,是值得信赖的存在。我们家,昔日曾有"被诅咒的一家人"之称。虽说当真花费了漫长的时间,但今天,我们终于成长为可以围桌团聚、说说笑笑的一家人了。

垫底辣妹拥有的,不单是"差生登龙门"的传奇,更有一家人的亲情物语。

无论多么相亲相爱的一家人,起初也并不完美,但只要能一点点成长、蜕变,就是幸福的——这是我从自家人身上学到的道理。

我从事婚礼策划工作后感受最深的一点是,家家有本难念的经,唯有家庭内部的成员才会知晓其中的滋味。同理,我家也有属于自己的故事版本。这次,我将在本书中细细道来。同时,还包括《垫底辣妹》一书中未曾提及的、考取庆应之后的经历,以及对今后的展望。

在我过往的人生中,许多优秀的导师、朋友、合作伙伴教会了我不少东西。现在,我要把从他们那里学到的本领、道理,传授给学弟学妹。要知道,哪怕是一点微小的启发,也能大大地改变人生。我在自己的这本经验谈里，放入了各种使人生变得更加开心有趣的小线索、小提示，欢迎诸位愉快地玩一场"捡宝"游戏。

不管任何时候，向来抱着"沙耶加绝对能行"的信念，对我全然予以信任的母亲；以笨拙而难以察觉的温柔，自始至终守望在旁的父亲；以言传身教的方式，使我领略"全情投入热爱之中究竟是怎样一番滋味"的坪田老师……没有这些"大人"的指引，仅凭我本身的资质，仅靠我一己之力，将无法拥有此刻精彩纷呈的人生。

这次，我也想在学弟学妹的人生中充当这样的"大人"角色。做个有用的大人，竟然如此快乐！但愿在我的引领下，眼神闪闪发亮、对人生满怀希冀与憧憬的学弟学妹越来越多，哪怕多一人也好。

第 1 章

一 步 步 沦 为

"垫 底 + 辣 妹"

我曾讨厌我自己

上高中之前，我这人既没什么关于未来的梦想，也不掌握任何过人的一技之长。就算是"雕虫小技"吧，我也渴望有点不输于人的兴趣或才艺。但是没有，一样也没有。什么昆虫迷、铁道宅、追星族……我真心羡慕那些能为某件事全情投入的人。

弟弟棒球打得出色，从小就有全家人花时间陪玩陪练，我羡慕他；妹妹讲得一手好段子，擅长搞笑逗大家开心，舞跳得也不错，我羡慕她。而我，一条也不占：拿得出手的技能，足以夸耀于人前、赢得众人赞美的特长，一概没有。

甚至和朋友也处不好关系。心里常暗自羡慕，要是能像谁谁那样该多好。小学毕业前的日子，我都深处自卑之中。可我明明也想活出另一种有滋有味的人生。我厌恶这样的自己，渴望被更多人喜爱，渴望变得伶牙俐齿、能言善道，而不是总在暗地里偷偷和别人比较，越比越心灰意懒。我真受不了这样没出息的自己。

为什么我生来是这样的人呢？假如可以重新投胎，我希望做个男孩，拥有更阳光开朗的性格。现在每天过得一点也不开心。上学也烦得要命，早上死活爬不起床来。不过，妈妈是这么宽慰我的："沙

3

耶加将来会成为全世界最幸福的人哦。"

嗯,我有同感——从刚懂事的时候起,我自己便一直如此坚信。这是自我幼年起,妈妈每天都会冲我念叨的话,形同某种咒语。请诸位想象一下,假如某个人天天对你这般反复洗脑,你真的会深信不疑。妈妈无意识间,在我的内心植入了一幅有关未来的鲜明图景。某种意义来说,妈妈没准儿算得上是了不起的谋略家。

嗯,将来我必定会幸福。作为交换,当下要过一种沉闷无趣的生活。身为小学生的我,终日闷闷不乐——"我的人生,不该这样活!"

变身大作战

初次为我的人生带来少许转变的,是初中升学考试。上小学时我有极深的厌学情绪。毕竟,我是真心学不会啊!越学不会,就越厌学。这也在情理之中。可是,假如考入公立中学,我就不得不和那群对我知根知底的小朋友再度成为同学,而接下来,又是一成不变的三年。我厌恨这样的结果。

所以,我想去一个不被任何人认识的陌生之地。在那里,我将改头换面,成为一个崭新的人——小学六年级的我,如此一本正经地谋划着。为了实现这一点,要么跟父母商量,全家搬往一个新学区,要么就在填报升学志愿时,选择一所私立中学。只有两条路可走。搬家嘛,不太行得通。那么只剩下报考私立中学一个方案了。

我自作主张确定了升学志愿。"沙耶加肯定能行的,绝对没问题!"妈妈素来对我的任何决定无条件表示支持。于是,我在小学六年级的几个月内不顾死活地疯狂用功,开始了我曾深恶痛绝的学习,学习的重点是算数和国语两门课。为了给自己改换天地,去往一个崭新的世界,我一门心思投入了刻苦的复习。

不过,老爸的想法,似乎更期望我尽可能去一所公立学校。他嘴上时不时念叨:"要是考上这里或那里,爸爸就给你出学费。"长大成人后我才明白,当年老爸可能确实为家庭开支所苦。但当时的我,只是随口报了一两所在他心目中"沙耶加肯定没戏"的私立中学的名字,并索要了该校历年的升学习题集,每日彻夜苦读。

下决心考私立学校以后,我便报了个当时小有名气的课外补习班。学员按照成绩划分至不同的班级,我在排名最末的慢班。老师听了我的志愿,也是一脸"感觉你恐怕没戏"的神情。不过,一想到考不上私立学校的话,就得去读公立学校,我只能下功夫拼命复习,谁知,最后居然真被我考取了其中一所。

需要补充一点,我之所以全力以赴,还有另外的理由。那便是考上这所私立学校,会额外获赠一只超级豪华大礼包——这辈子再也不必吃学习的苦头。我所报考的私立学校,设有直升附属高中及大学的导师推荐制度。我以为只要能成功考进去,接下来一辈子无须学习也可以轻松无忧地长大成人。于是我决定,考上初中后就再也不用用功读书了,只专心致志改造自己,来个华丽大变身。在我的人生里,这是最后一次为了学习而卖命。从今往后,我要做个人见人爱的香饽饽,快快乐乐每一天! 当时的我充满了干劲,而最终,也确实凭借这份执念,实现了考入私立学校的志愿。

这在我记忆中,是人生最早一份巨大的成功体验。为一件事全力拼搏,最终开花结果——这样的体验,对我来说意义重大。

我所深恶痛绝的学习,对我来说不过是种手段——改变自身世界的手段,而非发乎热爱,才每天勤学不辍。所以我在中考结束的瞬间,就按照原计划,从学习这件苦差事"毕业"了。同时也照原计划,勤勤恳恳开始了"变身大作战"。

小学时期,我曾偷偷羡慕那些擅长在人群中活跃气氛的同学,心想:"要是能像谁谁那样该多好啊……"现在,我开始学着做个开心果。老实说,不过是照猫画虎、有样学样而已。好在无人了解我的过去,不必担心谁在背后冷嘲热讽:"死丫头一下子变得这么活泼,感觉怪恶心的。"于是,我才得以充分发挥,华丽变身,将幻想中那个"希望成为的自己"塑形成功(或许我有点妄想症也说不定)。

就这样,我晋升为班级红人中的一员,变得伶牙俐齿、能说会道,让父母大跌眼镜。还记得老爸也曾纳闷道:"沙耶加最近怎么像变了个人似的。"快活的人生,终于就此揭开了序幕。"什么嘛,原来人生可以通过自己的努力,依照自己的心意而转变呢!"当时的成功体验,大大改变了我的人生,以及我自身。

绰号"圆抢抢"

　　升入中学以后,变得活泼开朗、几乎判若两人的我,彻底把学习抛到了九霄云外,每天和朋友过着轻松惬意的生活。中学期间,我加入了学校的软式网球社团。劝说我报名的学长(清一色是女孩)个个又飒爽又可爱,仅凭这个理由,我和朋友便入了伙。

　　总之,我特别喜欢这群三年级的学姐,每天的社团活动也格外多姿多彩。就连放假的日子,我也一天不落地坚持训练,以至于小腿和脚丫穿袜子的分界处,现出一道泾渭分明的晒痕。休息时间里,小伙伴们便聚在一处说说笑笑,或是玩"百人一首"的花牌游戏,日子过得健康又美好(我并没有一下子摇身成为辣妹)。

　　我所在的网球社团,划分为初中与高中两个分部。高中部的学姐们个个剪着短发,皮肤晒得黝黑,球技高超过人。她们无不是顶尖高手,以在县级大赛中夺冠为目标,在我们这帮初中小屁孩眼里,她们犹如云端上不可企及的神明。假如在相邻的场地练习,不小心把球扣过界,飞进了学姐的地盘,我们会紧张地一路小跑,毕恭毕敬赔着小心。反正,现场似乎弥漫着一股非如此不可的氛围。

　　此外,社团内还有一些"谜之一样的潜规则",比如,不可坐在学姐前方,不可当着学姐的面谈天说地、吃吃喝喝。但最谜的是万一不巧与哪位学姐同乘了一辆电车,必须全速小跑,远远躲到最后一节车厢去。初次听说这些规矩时,我满脑问号,"凭什么啊?"比我高一届的学姐说:"规矩就是规矩。""哈?"闻此言,我心里犯嘀咕的同时,也觉得"简直莫名其妙"。

渐渐地,我习惯了社团活动。起初,我暂且也算守规矩。但某天,我偶然得到了一个和高中部学姐(云端之神)说话的机会,不知为何,居然深得学姐的赏识。

"你这丫头,有点意思嘛。"

待到回过神来,才发觉只有我自己混坐在一群学姐当中大嚼着饭团。若是在电车上碰巧遇见这位学姐,我也会高声打着招呼坐到她旁边去。同年级的部员见我与学姐打得火热,纷纷瞠目结舌,有点不敢置信,"沙耶加她……在搞什么?"但同时又觉得,我在学姐那里混得开,约等于她们也跟学姐打成了一片。

我喜欢这样平等地相处,喜欢改变毫无意义的规则,让人与人之间能够彼此联结。我只有一个单纯的念头,"凡事但求开心就好"。在软式网球社团的那段时期,我也抱着同样的想法,放松心态享受着社团生活的乐趣。由于我总是大力挥舞着球拍,恨不能把球抽得飞出界外,于是小伙伴送我一个绰号"圆抢抢",尽管我打比赛从没赢过。

后来,要好的三年级学姐们毕业离校,我升了二年级,一瞬间几乎丧失了所有干劲。没错,我就是这么感情用事的人,往往为了些简简单单的小事,情绪忽高忽低,时而斗志昂扬,时而消沉低落,忙得不得了。这算是我的长处,也是短处,对此我还挺自豪的。

在此期间,我和同班一个打扮花哨的女孩绘里子走到了一起。于是,我也少女心萌动,变得热衷打扮起来。

好想把头发染一染啊!不高兴参加社团训练,想去 KTV 唱歌。裙子再短一点会不会更可爱?我渐渐转变了性情,脑子里充斥的净是这些念头。朋友们也议论纷纷,"沙耶加最近变得花枝招展呢"。

周围的同学都在玩,唯独我要参加社团训练,这令我心中十分不爽。犹犹豫豫正盘算退出网球社时,却遭到了小伙伴的劝阻:"既然努力了这么久,干吗不咬咬牙坚持到正式退役(初中三年级夏季)呢?"我便打消了念头。距离正式退役还有多久?我甚至在家里摆了部台历,每天翻一页,数着日子急切盼望那一天来临。好在我总算坚持了下来,最终,与小伙伴们安然无事地退出了网球社。

闪闪发亮的日子

终于从社团活动解脱出来的我,仿佛把过往积攒下来的能量一股脑全部引爆了,全心全意投入玩耍之中。总之,每天不是约朋友逛街,就是疯玩到深更半夜(有时甚至到天亮),开心得不得了,连家都不愿回。

谈人生第一个男朋友,也在我初三那年。交往对象是比我高一届的学长。他放弃考全日制高中,读了一所夜间或假日授课的定时制学校。不知为什么,他的所作所为、一举一动,在我眼里都帅得要命。我每天拎着他淘汰的旧书包上学,痴迷到彻底忘乎所以。这样的日子,美好得犹如置身梦境,我无比珍惜,甚至舍不得睡觉,生怕浪费了时间。

我就读的是一所女校,校内几乎见不到"辣妹""叛逆小太妹"这样的异类,同学多数是比较规矩的乖乖女。虽说年年都会冒出几个打扮出格的显眼包,但也寥寥可数。因此,热衷打扮的女孩不仅引人注目,更喜欢相互抱团。学姐学妹哪怕不在同一个社团,也会因为爱好打扮自然而然走到一起(有时争风吃醋抢男朋友也挺让人头大)。

于是,老师们为了避免大多数乖孩子遭受不良影响,拉低学校的风评与口碑,竭力对我们这些浓妆艳抹的个别分子严加监管。结果有段时间校园里果真再也见不到一个辣妹,学校的偏差值据说也提高了不少。

需要强调一点,我从不认为自己是辣妹,从不。在我的概念里,所谓辣妹,指的是昔日 *egg* 之类的女性杂志大行其道时,当中主推的那一款女孩。

头发染得五颜六色,眼圈涂得乌漆麻黑,外加两片白乎乎的嘴唇——"辣妹"是那群人的称号。我充其量只是对辣妹心怀向往的女中学生,可惜学校管得严,变身辣妹未遂,只能打扮花里胡哨装装样子而已。即使去美黑沙龙,也从不敢晒脸(怕长褐斑),一旦卸了妆,只剩脸盘子白白净净,不伦不类的(粉底倒是用的棕色系)。不如这么说吧,当时我经常购读 *Can Cam* 一类的时尚杂志,其实我更该归类于"清纯系"女孩。

出入校门的例行检查

　　大多数学校,皆设有出入校门的仪容风纪检查制度。每日清早,都会有位老师把守在大门口。这一点我想每所学校概不例外。而有种老师,一旦碰上百分之百没有好果子吃。我们学校自然也不缺这样的人物,通常是体育老师,尤其手持一柄竹剑的那种,当真难对付。其次是生活指导老师。同样,你也绝对不想同他打交道。

　　再加上,只要见我经过就二话不说先拦住检视一番的老师特别多,所以快走到学校时,我总会远远观望一下,瞅瞅校门口有没有老师把守。如果判断,"啊,今天情况不妙",就立即掉头换一条路走,找个离学校远远的麦当劳进去消磨时间。虽说上课会迟到,但也没别的法子。万一在校门口被逮住,从头发的颜色到小小一颗耳钉,都会成为老师纠察的对象,那麻烦可就大了。我和朋友们还喜欢把裙摆裁短,假如露了馅,也是吃不了兜着走。如今想来,当初干吗要为那种微不足道的破事成天提心吊胆呢,真是笑死人。

　　我们的梳妆打扮,总在临近放学的时分,逐渐趋近于"完成形态"。但这也要看最后那堂课的老师管得严不严。有的老师,就算你在课堂上涂脂抹粉也不置一词;有的老师,绝不允许此类小动作发生。我每天要根据课程表见机行事。基本上搭伙逛街的安排占满了每日的课外时间，于是从午休时段起，我便开始专心致志摆弄妆容，等到了放学那会儿，基本上就打扮停当了。

一丝不苟的妆容，还须搭配卷发棒烫出来的满头波浪（后脑勺部分要逆着发流生长的方向刮松发丝，营造出蓬蓬的量感），若是碰上好说话的老师，我会整堂课头顶着卷发器度过。老师，对不起啊，学生如今有在好好反省了！

大多数日子，我们会在教室后方的鞋柜间整装待发，为逛街做准备。我的卷发技术一流，常有赶着去约会的朋友来央求："沙耶加！帮我卷卷头发！"

至于课堂时间，我常和朋友互换小纸条，所以每天要用便笺纸写一堆手写信，到了课间再拿去彼此交换。那时候不像现在有 Line 之类的即时聊天软件，只能通过手写小纸条沟通。此外，我还会制作大头贴手账，准备一些贴纸赠送朋友，要么闷头睡大觉……总之，课堂上可干的事有一大堆，忙得我不亦乐乎。

就这样，虽说不是什么值得骄傲的事，但我印象中自打升入中学，几乎从未好好听过一堂课。偶尔来了兴致，也会试着听一耳朵，但往往什么也听不懂，睡意反而阵阵来袭，直至昏昏入梦。老师授课的内容也极其枯燥乏味，还有有的老师，你甚至听不清他在嘟囔什么（碰到这样的老师，不仅是我，全班都在打瞌睡）。

如此一回顾，不得不承认：我是打心眼里瞧不上那些老师。实在抱歉。所以，我才过着猫鼠游戏一般"你追我逃"的日子。不过，这日子好玩极了。我有一大帮意气相投的密友，不只是爱打扮的辣妹，也有循规蹈矩的乖乖女，她们我全都喜欢。没什么特别看不顺眼的家伙。同班同学，其他班的同学，甚至别校的伙伴……我交友广泛，每天过得悠哉快活。

"大人全都烂透了！"

　　这样逍遥快活的日子中的一天（大约在初中三年级的秋天，我退出网球社，正没日没夜疯玩的那阵子），上完第六堂课，老师（记得好像是当时的班主任）走到我面前，目光里带着几分轻蔑，命令道："拿上书包，跟我来。"把我带出了教室。

　　书包里有盒香烟。"完蛋了！"我心里暗暗焦急，"必须把它藏到哪里去。"然而为时已晚。老师似乎洞悉了我偷偷带烟上学的事实，甚至不准我去厕所，把我领到教员办公室旁边的一间小屋，仿佛打算监视我的一举一动。

　　而我最讨厌，也唯恐避之不及的生活指导部长，正等候在那里。他翻检了我的物品，抖出了那盒香烟。我有种罪犯被抓了现行的感觉。反正已经"人赃俱获"，再挣扎也无济于事。老师告知我，将被"处分无限期停学"，也就是不接到校方的许可，便不能再踏入校门。"啊啊，我的人生完蛋了。"我心想。

　　"猜猜我怎么知道你包里藏了香烟？"老师问。

　　可我当时的状态，几乎已说不出话来。天气并不冷，我却浑身瑟瑟发抖，莫名觉得不寒而栗。

"你一直把人家当好朋友对吧？可这位好朋友，把你的名字供了出来。你啊，早被人家给卖了。"

"说什么呢，怎么听不懂。啊啊，真的好想死……"我脑子里一直盘旋着这些念头。为什么偏偏只有我遭受这份折磨？可接下来老师的话，让我哆嗦得更厉害了。

"所以，其他还有谁偷藏香烟，你也交代几个名字吧。不说出来今天就不准走。"

搞什么啊？这帮家伙。我内心充满憎恶与不甘，眼泪簌簌掉个不停。"这帮卑鄙小人，我岂会听凭你们摆布！"我愤愤地想，拒绝回答，坐在那里不发一言。

保持缄默的同时，我在心里默默寻思："那个朋友果真把我出卖了吗？难道不是威逼之下，出于恐惧才吐出了我的名字？要是这样的话，也不能怪她（直到今天我也无法确定，那位朋友是否真的出卖过我。或者把我抖出来的另有其人？又或者根本没有谁揭发过我。真相无从得知。如今想来，这种事其实爱谁谁吧，压根没什么所谓，就算真有人背后打过我的小报告，我还要感谢她呢。我真心觉得，若没有当初的这份经历，也不会成就今日的我。称对方是我命中的贵人，似乎都不过分）。今后我将何去何从？万一被勒令退学，该怎么办？麻麻估计会很伤心吧。臭老头恐怕会大发雷霆吧。左邻右舍又会是什么嘴脸？把我供出来的朋友，没勇气再跟我说话了吧。难道我又要失去一个朋友？"

我脑子里乱七八糟，充满了各种负面的想象，绝望得哭了起来。

恨不得就这样逃走,逃到一个谁也找不到的地方,死掉算了。我认真在心里盘算:"如果我真的死了,这帮大人会对自己的所作所为有一丝丝后悔吗?"

叫家长，不失为一次契机

见我嘴巴太紧，死不开口，老师拨通了我家的电话。"您女儿带香烟来上学，被抓包了，此刻正在教员办公室面谈，麻烦您到学校走一趟吧。"

世间多数做母亲的人，收到老师"请喝茶"的电话，不晓得会是怎样的心情。换作我，肯定羞得要命，又惊又怒，还要向老师赔着小心："不好意思，给您添麻烦了……"我猜不外是这些反应吧。但妈妈的表现不太一样。

在她看来，被老师叫家长，不失为一次契机，一次让我了解她爱与信任的好机会。多年以后我才听她提起："不管沙耶加做了什么，不管发生了多么糟糕的事，麻麻都会站在你这一边哦。"不光对我，对待弟弟妹妹也一样。被老师"请喝茶"，在妈妈眼里是契机不是耻辱。所以当电话响起时，"好咧！"她二话不说，立刻精神抖擞地赶到了学校。

她快步冲进教员办公室，急忙向老师道歉："我女儿的事，实在对不起。"

我坐在那儿，不敢直视她的脸。心中揣测："就算是好脾气的麻

19

麻,恐怕也会勃然大怒吧。"至少,背叛了一贯对我信任有加的她,令我多少有些愧疚。

我原以为自己偷偷摸摸的小动作,把她瞒得挺紧,实际上她早已发觉。只不过她很清楚,命令孩子"别抽了!"没收掉孩子的香烟,孩子大抵并不会真正戒掉。妈妈深知,命令句无法真正改变一个人的作为。因此,她始终抱着"有一天这孩子肯定会自己醒悟"的信念,耐心等待我回头。正在此时,却收到了老师的电话。

我垂着头,不敢正眼去看妈妈。只听她在我身旁继续说道:"不过,老师不觉得嘛,很少再有沙耶加这么乖的小孩了。"

老师闻言一阵愕然。

"假如说,老师您心目中所谓的好孩子,仅仅是留着黑色的头发,裙子长度精确到膝上十厘米,从不违反学校纪律,只会刻苦学习的话,那么,我家沙耶加做个坏小孩其实也挺好,哪怕退学也没关系。但我想说,再也没有比沙耶加更好的孩子了。"妈妈的口气斩钉截铁。老师张口结舌,一脸欲言又止的神情,但最终并没有反驳。

妈妈当时的样子,至今我记忆犹新。她并非在包庇我、偏袒我,感觉是在拼命替我申诉、抗辩。"老师,您为何不愿好好正视这孩子的优点呢?为何不尝试理解一下呢?"这句话,她极力强调了好多遍。

于是乎,我被"判处"无限期停学(幸好免于被勒令退学),跟着妈妈回了家。途中,她不仅没冲我发火,反而安慰道:"沙耶加今天表现得很棒哦!你是个肯为朋友着想的好孩子,麻麻以你为骄傲,谢谢你!"听了这番话,此时的我只剩一个念头:"啊啊,怎么回事,得意忘形偷藏香烟去学校的自己到底算个什么东西? 太垃圾了吧!"

当时 15 岁的我,暗暗在心中起誓:"今后我再也不做让麻麻去跟人家低三下四赔礼道歉的事,或让她伤心的事了,决不!"所以,经由初中三年级这次偷藏香烟导致的无限期停学事件,我改过自新,完成了一次蜕变。我之所以未曾堕落,或从此一蹶不振,全靠妈妈的温暖庇护。自那以后不管我做什么,她的音容总会浮现在脑海,化为引导我行动的指针。

与此同时,我对妈妈以外的成人,统统关上了心门。我这个年龄段的小孩,可以说,基本上都活在封闭狭小的世界里。要说周围的大人,也不外是父母、学校老师,或打工地点的同事而已。我也一样。所以,我内心认定:"除了麻麻,大人全都烂透了!"哐当一声,狠狠扣上了心门。

我甚至考虑,高中索性不读也罢。老师也三番两次吓唬我:"像你这样摆烂下去,我可不会推荐你升高中哟!"

"好啊,无所谓。"我回嘴。

"那你打算怎么办呢? 你以为,还有哪所学校乐意接受你这种渣滓吗?"

确实,我心里也隐约明白,在推荐直升的制度下,大家纷纷升入高中时,我却选择退学,那么将来的路将会走得分外艰难。所以,尽管我心有不甘,但还是乖乖接受老师的推荐,继续升高中才属明智之举。

不过,同时我也下定决心,将来不考大学,选择出社会工作。在我看来,继续给这所学校交钱,是一种无谓的浪费,简直不要太蠢。并且,老师的态度与作为,我也无法原谅。

此外,我想成为像麻麻那样温柔耐心的母亲。不读大学,早早工作,结婚,当妈妈——这些,成了我当时的梦想。

"想不想试试报考东大?"

    这种心态之下的我,后来怎么会选择报考大学呢? 与《垫底辣妹》作者坪田信贵老师的邂逅,彻底扭转了我的人生。

    坪田老师当时在我家附近一个私人开设的小型补习班担任讲师。而我压根没有一丁点念补习班的念头。话虽如此,但我的弟弟那会儿正开始颓废摆烂。妈妈敏锐地察觉到,"弟弟莫非有放弃棒球的打算?"于是从旁给了不少提议,"要不试试羽毛球?""不然玩玩游泳呢?"而去读补习班,只是众多提议当中的一个。

    为了给弟弟提供思路,妈妈偶尔会从坪田老师任职的小型补习班拿本说明手册回家。然而,弟弟哪会乖乖听劝去上什么补习班,手册被顺水推舟传到了我手里。

    "沙耶加啊,我已经抢先跟人家补习班那边预约好了面谈,你替弟弟去一下行吗? 当然了,就算谈完以后你不乐意读,也没关系。"

    当时的我,可是地地道道的大忙人,每日跟朋友逛街的安排密密麻麻挤满了时间表,全天候卡拉 OK 从早唱到晚,要么是参加联谊会、俱乐部活动,或埋头摆弄贴纸手账,忙得不可开交。不过,忘了当天是被朋友临时放了鸽子还是怎样,我多出来一点空闲。"哦哦,行吧。"我满不在乎地代替弟弟去面谈。

和坪田老师初次见面的情景，我至今历历在目。对他的第一印象是，"这人也过分爱笑了吧!"单单这点就挺不可思议。周围的那些大人，基本上见到我总眉头紧蹙，一副不待见的模样。可面前这人，有啥高兴事啊，干吗总笑嘻嘻的？起初我心里十分纳闷。

"你好!"他冲我打了个招呼。

"你好。"我也原样回复。谁知……

"哇! 你这个问候很棒哟!"

居然得到了他的夸奖。这人到底啥意思啊……我愈发迷惑，不过感觉还挺不错的。

接着，我被请到会谈室，在椅子上落座，开始东拉西扯聊了起来。不过，基本全是我单方面输出。怪就怪他老是问东问西，不停挑起话头。"沙耶加，你那个睫毛咋回事啊，看上去跟苍蝇腿儿似的。""哪里呀，这是人家刚才在课堂上花了足足一个钟头涂出来的，什么苍蝇腿，你少胡说八道!"我呛了回去。"你这衣服，露着一截肚皮，冷不冷?"再不然是，"头发染成这个颜色，在学校不会挨老师骂吗?"气得我，心里想："这人真是，敢情要紧的事儿他一件也不懂啊!"于是拼命给他科普。从杰尼斯事务所的偶像艺人，聊到学校里的玩伴、我的男友以及家人……简直无所不谈。大约前后聊了共有两个多小时吧，我估摸。

坪田老师一边冲我爆笑，一边冷不丁冒出一句："你这人，还怪有意思的。想不想试试报考东大?"东京大学……他居然问我，有没有兴趣考东京大学？在我印象里，那完全是出产帅哥的"不毛之地"（大错特错的偏见），于是回答："并不感冒。"

哪知老师听了我的话，似乎来了劲，笑嘻嘻提议道："那行，你听说过鼎鼎大名的'庆应美男'吗？要不考庆应怎么样？"

"提到'庆应美男'，那不就是樱井翔嘛！"我激动起来，"哦哦！传说那里帅哥成群！！"

"那好，来年的高考，你就一口气考到庆应去吧，行不行？"坪田老师当场替我拍了板。就这样，我怀着满不在乎的心情，莫名其妙替弟弟来到补习班，莫名其妙遇到一个肯听我胡诌八扯的奇葩大人，又莫名其妙稀里糊涂决定了报考东京都内一所名叫"庆应"的大学。

"从明天起，你能每天来补习班报到吗？"老师问。

"明天可以，后天有困难。我和小伙伴约好要去唱卡拉 OK，再说下星期俱乐部也有活动。现在正放暑假呢，人家忙得要命。"我翻着粘满了贴纸的手账，恳求："从明年起就没法尽情玩耍了。拜托！今年就让我痛痛快快再玩最后一年吧！"

"明白了。那好，你哪天能来就哪天来吧。但作为交换，我布置你完成的功课，下次来补习的时候，你必须保证完成。答应不？"老师问。

"明白！保证完成，一言为定！"我向他发誓。

我猜，那一刻我的双眼定然闪闪发亮吧。明明被老师要求好好学习，我却兴奋地跃跃欲试，心头充满了喜悦，甚至骑车回家的路上，也禁不住咧嘴偷笑，心情好到飞上了天。

仿佛撞见了自己寻觅已久的东西。"我的人生,这下子好玩起来了!刚才那家伙,那个叫坪田的老师,可真有意思啊!让我觉得,明天也乐意跟他继续东拉西扯。他怎会那么渊博,懂得那么多东西呢?感觉好厉害呀!这辈子,我还从没遇见过这么有趣的大人!"以至于没和父母商量,我当即便打定主意,以后天天去补习班报到,并且,要以应届生身份一举考上庆应大学。随后,我便开开心心哼着歌回家了。这次,我总算遇到了能够激起我全部热情,去兴高采烈大干一场的大人。

妈妈"唯一的心愿"成真之日

"麻麻,听我说! 你闺女打算报考庆应大学啦!"一到家,我便双目熠熠地向她汇报。妈妈闻言有一瞬间露出惊讶的神色,随即眼睛一亮。

"沙耶加……好厉害啊! 终于找到愿意全力以赴的事了。恭喜恭喜! 麻麻真为你高兴!"

妈妈抱着我喜极而泣。考庆应的事八字还没一撇,她已流下了开心的泪水。

多年以来,妈妈在养育儿女的过程里付出了巨大的辛劳。没有任何人能够依靠,也不懂育儿之道,事事碰壁受挫,抹着眼泪把我从小婴儿抚养成大姑娘。

起初,她依照育儿书传授的方法,以为小孩子应当多多教训,会时不时冲我发威动怒,不料结果很糟糕,根本实施不下去。据说,妈妈为此苦恼不已,甚至还跑过一阵子医院的精神科。后来,她在中途彻底放弃了这套做法。这些,我是在读了妈妈写的书(《一位母亲的自叙:就算被骂作"废物家长",也选择对三个成绩垫底的儿女全然信任,使坠入谷底的家庭起死回生》,KADOKAWA 社,2015 年版)之后才了解到的。

"管他呢,不必事事都做到满分。家务干不好,不要紧;没法当个完美的妻子,无所谓。反正,只要能好好陪伴在孩子身边,认真回应他们的笑脸,倾听他们的话语,就够了。"妈妈当时抱着这样的心态,把手里的育儿书一股脑全扔掉了。

而后,在育儿这件事上,她设立了唯一的信条——把孩子培养成能够凭借自身的努力找到兴趣与热爱的人。如此便已足够,此外别无所求。多年来,妈妈一直秉持这样的信念与孩子相处。因此听说我准备报考庆应,她才欣喜若狂,紧紧将我拥在怀中,仿佛在说:"我等这一天很久了!"

高考结束多年后,妈妈才向我透露:"其实啊,比起沙耶加考上庆应,这个立下志向的日子更令我开心!"

31岁的今天,我回头反思,假如让我站在当年妈妈的立场上,我会说些什么呢?那番温暖动人的话,恐怕我无论如何也说不出口吧。毕竟,直到决定报考庆应的头一天,她从未见我在家好好念过一页书,学校里的成绩也一塌糊涂。岂止,我还是个差点被勒令退学的叛逆少女。尽管如此,我从补习班回到家中,忽然一拍脑门,宣布要挑战难度系数一等一的名牌大学,换作我本人,八成也会想,"一般来说肯定没戏"吧。

从我小时候起一贯如此,妈妈对我自己做了决定的事从不加以否定。如今我懂了,能做到这一点,需要多么坚定的忍耐力。许多事换作是成人必定会明白,"如此一根筋地行事,结果八成会惨败"。然而,无论我要做什么,妈妈从不横加干涉。当然,结局不出所料以失败告终时,给我送上赞美的,同样也是她。"沙耶加大胆做出了挑战,真的太棒了! 了不起,好厉害!"而当我取得成功时,她也会与我一同欢呼雀跃,"沙耶加好棒啊! 麻麻羡慕你,真心为你骄傲!"

而当时,我拿全国模拟考题做了测试后,偏差值仅有 30 分。长发染过好多遍,干枯得像一把橡皮筋,涂着浓浓的黑眼圈,衣服露出一截肚皮,从外面回到家里,居然宣布要报考庆应。妈妈却这么告诉我:"沙耶加的话,肯定没问题。麻麻会全力支持你!"

臭老头

不过,妈妈虽说把三个孩子视若珍宝,悉心养育,和老爸之间却似乎不怎么和睦。她的包里常年放着一本书,名叫《如何在离婚仲裁中取胜》。

我作为家中长女,对此的意见是:"好呀,那就抓紧离吧,别磨蹭。"但妈妈知道,我家的小妹麻酱(昵称),每天晚上都会在佛龛前双手合十虔诚祈祷,请求菩萨千万不要拆散一家人。见此情景,妈妈决定,"起码坚持到这孩子大学毕业再说……"于是一味默默隐忍。所以,我几乎从未见过爸妈亲亲热热谈天说笑的样子。

我是坚定的"保妈派人士",对老爸切齿痛恨。在我看来,他是个只会欺负妈妈的混球!所以三天两头跟他吵架斗气。

"你敢碰麻麻一指头试试!"

"喂!死丫头,你冲谁摆脸子? 也不看看自己花着谁的钱,吃着谁的饭!"

"谁求你养活了? 臭老头子!"

丢下这句话,我便冲出了家门。接着,妈妈会出门来找我,向我道歉:"沙耶加,对不起。"每天都是这出狗血剧情。我讨厌待在家里。

连朋友也时常怀疑:"沙耶加,你家是不是被上天诅咒了?"这,就是我的家庭,破破烂烂七零八落,濒临崩坏的一家人。

但话说回来,那个补习班我非念不可,无论如何也不愿放弃。于是我和妈妈一起向老爸寻求赞助。

"爸,我决定了,要报考庆应大学。所以,想去念补习班。"(潜台词:请给你女儿掏钱。)

话音落,却听臭老头骂道:"你脑子有病吧?像你这种学渣,哪会考得上庆应?送你去念补习班,就跟把钱扔臭水沟没什么区别,老子一毛钱也不会给你!"

哈?放什么狗屁!我不敢相信自己的耳朵。弟弟的球棒、防护手套之类的专用装备,你一副又一副地买给他,而我念补习班的费用,你居然一毛不拔!

此时,坐在我身边的妈妈气炸了:"是嘛!那好,从今往后我们母女再也不会拜托你任何事。没问题,女儿的学费我来承担,一定会供她考上庆应!"

这一来,老爸火更大了:"供得起你就供去!这女人真够烦的!"

就这样,为了补习班的事,爸妈之间的怨气更深了。而我的升学大业,也在坪田老师和妈妈两名队友满怀信心的力挺下,揭开了帷幕。除此以外的所有人,要么不屑一顾,要么在看笑话,要么火冒三丈,仅此而已。不过,这样倒也挺好。

小插曲：辣妹诞生趣话

《年级倒数第一的辣妹如何一年内偏差值跃升 40 点，成功考入名校庆应大学》，简称《垫底辣妹》，出版于 2013 年 12 月 27 日。此书由我的恩师、时任补习班讲师的坪田信贵先生执笔，讲述了我当年全力冲刺高考的种种经历。如今，此书已发行超过 122 万册，荣登百万畅销书榜。2015 年，又改编为同名电影，由当红女星有村架纯主演，观影人次高达 280 万人，成为名声大噪的热门之作，甚至震惊了主创班底。

实际上，该书的出版背景，与扭转我家族命运的两件重要大事深具关联。本来此书问世之际，我已经 25 岁。为何大学考试结束七年以后，坪田老师才动笔开始创作呢？这与我弟弟妹妹的个人经历脱不开关系。

我下面有个小两岁的弟弟和小六岁的妹妹。虽然这话从我嘴里说出来有点奇怪，但包含我在内，我家的三个孩子，在旁人眼里看来都有点"脑子天生不够数"，是那种考试成绩年级倒数也满不在乎的、无可救药的差等生。

当年弟弟还在我妈肚子里那会儿，老爸得知这一胎怀的是男孩，便大喜过望道:"总算盼来个儿子!"(这话可真够伤人的,生而为女给您老人家谢罪了!)

据说弟弟出生前,老爸便早早立下宏愿:"老子发誓不惜一切代价也要把这孩子培养成职业棒球选手!"他扎好了全副架势,有板有眼地着手筹备"棒球精英教育"的大计,万事俱备只待麟儿降生。

终于,弟弟在厚望之中呱呱坠地,刚到升小学的年纪,老爸已给他配齐了品质精良的高档球棒、防护手套和钉鞋,开始了每日被棒球垄断的生活。老爸想方设法将他送进了少年棒球俱乐部的球队。运动神经发达的他,先后当过一号击球手、游击手,是队里的王牌。

此外,弟弟还担任过球队的队长,但并非出于他本人的意愿,而是被老爸指名委任。老爸甚至亲自上阵,充当了球队的教练——这种情节,怎么感觉在哪部漫画里看过……总之,犹如一部"热血棒球父子"的大戏。

而与此同时,在一旁的我,没有任何过人之处,或足以自傲的才艺,只是个笼罩在弟弟的光芒下,暗暗羡慕的自卑少女,认定"一家人众星拱月地溺爱着弟弟,我算什么呢,反正也不受待见……",于是心里始终憋着一口气。

弟弟走在一条老爸期望并设计的道路上。"只要好好听我的话,你小子一定会获得幸福。只要把棒球打好就行,其他的事一律不必操心。"被如此教导的他,遵从老爸的指示,乖乖地一心一意打着棒球,好歹也算长大成人了,只是在学习方面,比我还要低能。

前阵子,有天老弟跟我吐槽说:"老姐,你知道吗?前两天我遇到个特恼火的事儿。"性子温和的他,从不跟人耍脾气、闹红脸。我有点惊讶,问:"出啥事了?""连我这么好脾气的人,都气得够呛,脐带差点没气断喽。"

"脐带要是如今还没断的话,你小子可就麻烦了。"我给他纠正。我猜,他想表达的也许是"忍无可忍"之意吧?(日文谚语,按字面直译意为:容忍袋的绳子快要断了,即突破了忍耐的极限。)我俩之间的对话,经常是这种模式。

"我这人,总是好了疤瘌忘了疼。"

"是'好了伤疤忘了疼'哦。"

"老姐,这世上小型的人可真多啊。"

"小型的人……比如说呢?"(我寻思,他是想说不随大流的"小众派"吧?)

"每次人家一听说我是'垫底辣妹'的弟弟,就会好事地东打听西打听。"(呃……他是想说大家都喜欢好奇跟风吧?)

老弟人挺好的。可惜时间和精力全花在了棒球上,对知识的掌握过于欠缺,就这样傻头傻脑地长大成人了。

若问大脑空空的老弟之后发展如何呢?学习素不在行的他,当然凭着棒球方面的特长被推荐直升了高中。这下子,你以为他要以进军甲子园为目标勇往直前了吧?并不。在升入高中几个月后,他突然退出了棒球部。

"我不想再打什么棒球了。"如此宣布的他,是平生第一次跟老爸唱反调。用他的话说,"比我棒球打得好的人太多了"。升入高中后,眼前的世界骤然开阔了许多,老弟似乎彻底丧失了自信。

计划落空的老爸,备受打击。"你小子,怎么就不听话呢!只要老老实实按我说的做,明明就能拥有幸福的人生!"他追着老弟又哭又打又骂。老弟浑身是血,抖得像筛糠,捂着脸号哭。看情形,两人都痛彻心扉。

那一刻大家方才意识到:老弟打了这么多年棒球,并非出于自身的意愿,而是惧怕老爸的怒骂和暴打,带着隐隐的怯意,勉强撑到了今天。

几日后,老弟出走了,不再回家,高中那边也退了学。没有安身之所的他,和一伙街头痞子混到了一起。然而,迄今为止除了打棒球,老弟从没干过别的,性情温和的他,压根没有混帮派的能耐,只好当了那帮大哥的小跟班。在我看来,他的这些举动,只是在拼命寻找一个属于自己的位置罢了。

如此自甘堕落的老弟,有一天,却突然迎来了他的人生转机——他有了自己的"家人"。某日,老弟领着位超级辣妹回了家(堪称实打实的"本格辣妹",是我这种冒牌货比都没法比的),宣布:"我俩有孩子了,打算马上结婚。"

全家人早有所料,"估计早晚会有这么一天……"于是答道:"嗯,是嘛。"淡定地听完了老弟的汇报。结婚虽说是天经地义,但老弟一毛钱存款都没有,穷光蛋一个,还想生小孩,养小孩?知不知道要花多少钱啊!房子呢?结了婚住哪里?找到工作了吗?……一家人七嘴八舌讨论起来。

当时的我,身为婚礼策划师,亲眼见证了许多新人组建家庭的庄重时刻,于是训斥了老弟与辣妹一通大道理,"决不允许抱着半是儿戏的态度对待婚姻大事!"那阵子,老爸已经彻底不跟老弟搭腔了。而老妈,本就是个尊重对方一切决定、从不横加干涉的人。所以,两人对此事没有发表任何意见。这怎么行啊?我便代替父母,冲老弟他们说了许多严厉的话,硬是把"辣妹新娘"给数落得哭了起来。老弟见状,赌气地放话:"这事跟老姐有什么关系!就算拿不出存款和房子,这个婚我也结定了,孩子也非生不可!"

最终,在漫长的商讨之后,全家人决定:让弟弟和弟妹搬进来与父母两代同居,大家一起协助他们小夫妻养育孩子。就这样,"辣妹新娘"嫁入了我家。当时,我还住在娘家,每天从娘家通勤,于是搬了出来,把房间让给了弟弟夫妇。

值得庆幸的是,这位"辣妹新娘",是个心地纯良的好女孩。性情活泼、天真烂漫,对待老弟也从不吝惜尊重、信赖与鼓励。在她的帮助下,老弟终于找回了些许自信。

这位"本格辣妹"出身的弟妹,有一天竟然对我说:"沙耶加姐,多谢当初你那么严厉地教导。放心吧,今后我会好好守护这个家,绝不让你失望。"听了这番话,我由衷感谢上天:这个家尽管总是问题不断,但每逢危急关头,却也总能被不可思议的好运所眷顾呢!

并且,迷途知返的老弟,后来也做了父亲。此事在我家,意义非同小可。因为两个孩子的诞生,使他拥有了"自己的家人",也敦促他成长为一名尽职的优秀的父亲。这便是前文我所提到的,改变我家族命运的重大转折性事件之一。

至于我的妹妹麻酱,自打小学时期,就是个厌学儿童。

"人家早上起不来嘛,没办法去学校。"就凭这种儿戏的理由,她每天拒绝去上学。通常来说,当妈的此时应该会训斥,"别找借口啦,赶紧上学去!"对吧?但我家的妈妈,略微有点不一样。妹妹原本身体就比较弱,于是妈妈每天早晨也不喊她,笑眯眯地任由她继续睡,理由是"孩子早上起不来也没办法啊"。妈妈这个人,绝不会勉强孩子做任何事,尤其是对年龄最小的麻酱。当时她给人的感觉,似乎早已悟透了育儿之道,一直大力主张"批评无用"的论调,所以妹妹一次骂也没有挨过。

如此一来,妹妹到校听课的天数严重不足,被学校打上了"厌学生"的认证标签。每天差不多快到晌午,她才懒洋洋说声,"我上学去啦",走出家门。到校后,同学们纷纷惊奇地叫喊:"麻酱终于来啦!"在一片欢呼声中,她成了被簇拥的红人。所以,我一直叫她"阳光型厌学儿童"。

如此我行我素的妹妹,从小时候起,便凡事要与我较量,比我小六岁的她,有句口头禅是,"我才不要输给姐姐呢!"就这样,争胜好强的她,读到小学高年级的时候,某一天,突然听到姐姐宣布说,"我要考庆应!我要去东京!"并且最后竟然真的考上了!

于是升入初中后,妹妹坐着深夜巴士来东京玩了好几趟。我为她充当向导,带着她四处游逛,玩耍之中她发觉"哇,东京太有意思了!"当即不出我所料地宣布:"我也要来东京上学!"

"不过,我可不会像姐姐那样死命读书。有没有别的法子可以考上东京的大学?"后来,她自己下功夫查阅了不少资料,动了不少脑筋。

初中毕业后,妹妹按照自己的意愿,决定去新西兰的高中留学。她只身一人远离日本,去了这个乘飞机 11 个小时方能抵达的国度。而且,据说在那片土地上,绵羊的数量比人口还多。

三年间,她独自一人远居异国他乡,学会了一口流利的英文。回国后,又以"归国子女"的身份考入上智大学,名正言顺地去了一所当年姐姐吃过闭门羹的高等学府(当初我的成绩没过上智大学的录取线)。

这是另一个扭转我家族命运的大事件——家中最小的孩子也如愿考上了大学。在此不得不提到,妈妈写的那本书里,我个人最喜欢的部分,就是有关妹妹留学那段日子的记叙。在我家,她是唯一了解日本与海外之间文化差异的人,看事情的角度与观点也因此十分新颖有趣。

爸妈养儿育女的心酸劳苦(姑且把老爸也算进来吧),终于告一段落。目送妹妹顺利地迈入大学的门槛,妈妈总算松了口气。

我家的三个孩子,个个都有不太寻常的青春期经历。父母为了养育我们,二十三年来全力奔走,一刻也不能喘息。尤其是妈妈,因为我们的缘故,听尽了周遭的闲言碎语。

我身为长女,成绩垫底不说,还是个吊儿郎当的小辣妹,举止乖张的叛逆少女;弟弟作为长男,原以为他会专心致志在棒球方面有所发展,最终却成了街头混混的小跟班;而最小的女儿又拒绝上学,是个典型的厌学儿童。因此在旁人看来，当妈的教育方法得有多差劲，才能把三名儿女养得这么失败？

"你啊，太娇纵孩子啦！"

"孩子其实也是受害者，你这个当妈的，亲手害了他们。"

"你对孩子过度保护了！"

周围的大人，纷纷向妈妈发出指责。

然而，无论面对怎样的非议，妈妈总一副云淡风轻的模样，反问："可是您不觉得吗？再没有比他们更纯良的孩子了。"不管遭遇多大的阻力，我亲爱的麻麻，都拥有毫不动摇的坚韧内核。

在各种质疑讨伐声中，唯有一人肯定了妈妈的做法，那便是我的恩师，《垫底辣妹》的作者坪田信贵先生。

"您的'信任式教育'真的非常伟大。您家的三个孩子，一定会凭借自身的力量，开拓出广阔而精彩的人生。"坪田老师的赞美，对妈妈来说犹如一颗支撑她走下去的定心丸。

于是，某天，妈妈提笔给坪田老师写了封信。一封感谢信。

信中，妈妈倾诉了老师的话语曾给她带来多么巨大的鼓励，以及庆幸这么多年来，能够始终坚持对孩子全然地信任，而曾经分崩离析的家，也终于被几个孩子缝补完整了，等等。

读完此信后，坪田老师开始动笔给妈妈回信，把我当年报考庆应时的各种经历描写得活灵活现，犹如一部短篇小说，最终当作礼物送给了妈妈。妈妈自然是欣喜和感动得涕泪交加。

有天深夜，我收到一封老师发来的邮件："沙耶加，这篇文字你读读看。我写得还算有趣，想发到网上去，你觉得怎样？"

"好玩！您发吧！"我三言两语爽快地答应了。谁知，接下来的日子里发生的一切，使我不得不怀疑自己的耳朵和眼睛。

坪田老师发到网上的这篇帖子，在社交平台获得了海量点赞与转发，一举成为热点话题，引发了轰轰烈烈的讨论。据说每天的访问量高达几万人次，老师的手机由于打开了消息提示功能，疯狂涌入的私信，直接把手机都给炸瘫痪了。

目睹到这场网络盛况，几家出版社先后向坪田老师发来了出书的邀请。"沙耶加，不得了啦，出大事啦！"老师语气激动地向我转告。自那以后，我当年突击逆袭考取庆应的经历，以令人目眩的速度传播开来，成了广为人知的励志传奇。

而《垫底辣妹》，是由母亲的感激之情与坪田老师的真挚诚意化学反应之后，诞生的一部趣话之作。

第 2 章

直面挑战的五项

必要条件

① 用"感受"激活自身引擎

"赶紧学习去!"是句毫无意义的命令

当年,我从考取名牌大学的经历中获得了不少感悟,而在本章,我将为大家分享自那以后每当挑战一项新目标时,我个人的"必胜攻略"。首先,是找到正确的入口。我发现,在这个阶段便搞错方向的大有人在。所谓入口,就是激励机制。

我们开车或乘车时,首先要进行的步骤是什么?是给车子的发动机"点火",对吧?不点火就妄想把车子开走的人,肯定不存在。在我看来,做人也是同理。不给自身发动机点火的人,别说抵达目的地将耗费大量时日了,可能一辈子根本抵达不了。

不过,发动机虽未点火,但只要挂上了空挡,后面有人靠强力接连不断地推动,车子倒也能短短地挪上一段距离。人也一样。尽管自身没有动力,但在高压的催逼下,也能不情不愿地往前走个几步。这种人挺常见的,以往我通过演讲活动结识,并前来找我取经的学弟学妹,大多处于这种状态。他们的发动机没有点火,不明白为什么非得学习,生不出一丁点干劲,也无法持续全神贯注。所有这些问题,究其根源,我认为答案非常简单,全部在于"自我的引擎未曾激活"。

那么,想要点燃一个人的斗志,究竟该怎么做呢?此时,"动之以情"就成了开启愿力的那把钥匙。有些人,忘记了人本身是情绪动物,身不由己地设立了违背自身感受的目标;有些人,整日被老师、家长揪着耳朵碎碎念,要求他干这干那,迫不得已只好听话照办,可过程中完全提不起劲来,迟迟无法将命令转化为行动,也始终拿不到成果,从而苦恼不已。过去,我遇到了太多受困于此的人。在我看来,若是发动机不点火还能取得成果,那才叫天方夜谭!

此处希望大家不要误解,我并非在谈"一定要树立远大目标"之类的需要雄心壮志来驱动的大事。我所强调的是,没有任何一项任务,是在被逼之下圆满告成的。或者换个严谨的说法:被迫从事某个项目,或执行某个任务,同时又取得完满成果的例子,少之又少。

我的弟弟,便是个现成的实例。他并非出于自己的意愿而卖力于棒球运动。

当然,我猜过程中也不乏许多开心的时刻,他棒球打得不错,也取得了一定的成绩,并不全然是勉为其难、不情不愿的状态。不过,在这项活动中,他丝毫没有保留自我意志的余地,缺乏确认个人意愿的机会,甚至连"自我意志"究竟为何物的意识也不具备。

好多大人喜欢用命令的口吻要求孩子,"赶紧学习去!"在这样的催促下,真心感受到学习的必要性,从而发愤图强的孩子,果真存在吗?我猜,寥寥无几吧?要么惧怕家长的威严,没办法只好装装样子;要么瞧不起家长的做法,喊出"少烦我!"最终选择跟家长对着干。据我观察,结局不外如是。本书的读者,你们属于哪种情况?

演讲会上,我曾问大家,"有没有哪个孩子,听到家长的命令'赶紧学习去!'会回答:'遵命。'然后老老实实去念书?"结果没有一个人举手。

"那好,发自内心热爱学习的孩子呢,现场有几位?"我又问。听讲的一千多名学生里,只有两三人举起了手。而这几位,就是大人口中"会学习的好孩子",由于会学习,而从中尝到了乐趣。这样的孩子,即使大人不催逼"赶紧学习去!"也会自动自觉地坐到书桌前。

那些职业棒球选手、活跃于国际足坛的明星运动员、钢琴大赛的优胜者,以及荣获诺贝尔奖的科学家等,恐怕没有谁是在威逼之下勉力为之的吧? 这类人,必然拥有独立自主的意志。不管旁人意见如何,自己制定自己的方向。倘若缺乏这份不屈不挠的意志,绝对无法取得人皆赞许的卓越佳绩。看吧,能够达成远大目标的人,自身引擎处于启动状态。

既没有涉足某事的意愿,从中也体会不到乐趣以及成就感,只是屈从于命令硬着头皮交差,简直无异于地狱。而这种地狱模式,注定难以长久。正如绷紧的皮筋随时会"噗嗤"一声断掉,一个人也终会达到他忍耐的极限。

即使拿我来说,充其量不过考了个大学,道理也一样。没有谁向我下达指令,说"你非考上庆应不可",一切出于我个人的决定。

理由是,"樱井翔毕业的大学? 肯定遍地都是帅哥吧? 感觉怪好玩的,我也要去那里读书!"仅此便已足够。听来或许很儿戏,却是我真心实意的"个人愿望",比起被谁拿小鞭子抽着搋着,更能鼓舞我的斗志。

毕竟,它能使我热血沸腾,从内心深处涌出无穷的动力,甚至为了实现这个目标,甘愿付出一切努力!在学校里,课堂时间总是乏味难耐,我也搞不清楚学习究竟有什么意义,但自从遇到坪田老师,我终于有了孜孜以求的目标,可以给自己这具罢工已久的引擎点火了!同时我也了解到:为了取得"庆应"这座开心乐园的入场券,就必须通过升学考试;为了通过升学考试,就必须下功夫好好学习。于是,我才开足了马力,只因有了学习的"目的"。仅此而已。

目标不够远大也没关系

不妨再啰唆几遍,在这个阶段,最重要的是,"目标不够远大也没关系"。不必志存高远,也无需什么宏图伟愿,只要想象目标达成时的自己,看看能否使你心驰神往,以至于双目放光、口水直流,就行了。也就是说,关键在于"自己的感受有没有真真切切参与其中"。我认为,应该以此为准绳去做出决策。否则,引擎是发动不起来的。

哪怕遭到取笑也没关系。身边的大人兴许会骂:"怎能抱着这么玩世不恭的动机来决定前途大事,少说蠢话了!"可是,只要你不顾一切、心无旁骛地去努力,最终拿出让围观者大吃一惊的成果,曾经质疑你的人就会乖乖闭嘴,并在心里嘀咕,没准儿当初你才是正确的?

所以,对这些冷言冷语,直接无视即可。让你拿不出热情与干劲的目标,再远大也没有意义。

我认识一个全国模拟考试几乎回回拿第一的高才生,东京大学毕业,如今在一流企业里任职。此人当年玩命学习的理由如下:

"上高中那会儿,每回上数学课有个女生总会坐在我前排的位子。我一直偷偷喜欢她,于是数学课的时光成了我最隐秘的期盼。但缺乏勇气的我,很少敢和她搭话。不过,但凡遇到解不开的数学题,女生就会回过头来向我请教。每当此时我就会想,千万不能有我也搞不明白的题目,于是拿出玩命的劲头一遍遍预习、复习。就这样,终于在全国模拟考试中取得了第一名的成绩。"

就这么简单。所谓"能够调动一个人全部热情的事物,才是激励他向前的最大原动力",指的正是这个意思。

我这位熟人,以"头名状元"的身份考入了东大。东大的毕业生,普遍都会走上仕途从政为官,可他为何偏偏选择进入民间企业呢?当然,用他本人的话说,因为在后者的环境里,才能"更吃得开,更受女人欢迎"啊!像他这样,凡事以"是否感到开心兴奋"为标准来进行决策的人,无论去哪里,我认为都会获得成功。因为,他们掌握了"点燃引擎"的方法。

再试举一例。当年我们班上有个名叫比嘉的女孩。在我就读的这所学校,70%的应届生最后都会直接升入本校系统内部的附属大学。至于剩余30%的孩子,为了取得优秀的在校成绩,进入初中后也会持之不懈地用功,力争拿到一个好的综合评定分数,而后利用指定校推送制度,"跳槽"至其他大学。

尤其我所在的学科,即使平时不认真读书,通过内推也可以直升附属大学,因此大家多多少少都与我水平相近、旗鼓相当(把众同学与我混为一谈,不好意思),而排名比我更靠后的孩子,同样混得一身轻松。其实我在年级当中也并非"万年垫底",成绩长期在倒数十名的位置上下徘徊,只是有时会"荣登"末位,所以身边不乏与我类似的孩子(实在抱歉!)。

从我所在的学科来看,报名参加全国统一选拔考试的同学,除了将来想当幼儿园保育员的,或打算报考音乐大学的,基本再也找不出谁了。因此,我从该学科经由全国统考升入庆应这件事,可谓历年历代闻所未闻。同时,该年度的应届生里,有位成绩全年级拔尖的学生会会长,她通过前文所述的指定校推送制度,和我考入了庆应的同一学部。年级垫底与年级拔尖,殊途同归考上了同一所大学,堪称奇迹。

在这样的状况下,比嘉也向全国统考发起挑战,成功考取了东京的一所短期大学。在此之前,她一直是某个二人偶像组合的小迷妹。想去东京念书的理由也简简单单:"反正我想去东京,将来想在东京工作。"之后,努力攻读了时尚专业课程的比嘉,最终当上了该偶像组合的造型师。

起初,点燃自身引擎的那把钥匙,不管是"渴望见到杰尼斯的偶像艺人",还是"希望桃花运爆棚",都无所谓。当这些人踩下油门勇敢上路后,沿途将领略五光十色的风景,而这些体验,反之又将化为他们延续动力的燃料。他们会发现，"咦，了解陌生事物，探索新的领域，原来这么有趣！"或者，"哇，一不小心居然被我做到了，好开心！"于是涌出新的热情，"好咧，那我要加把劲再进一步！"并在脑海中勾勒出更为清晰具体的"理想的自我画像"，从而体会到更多之前从未体会过的缤纷感受。经由这样的方式，他们始终保持着昂扬的士气和进取的意愿。我也一样。

所以归根结底，首先，引擎要由自己亲手点燃，而后再向前奔跑。如今迟迟做不出成果，为此深感烦恼，首先要扪心自问自答一番，"我有没有给自己点火？"如果没有，那么就得考虑考虑，"开启我引擎的那把钥匙会是什么？"只要坦诚面对内心的感受，属于你的那把钥匙，或许就在眼前。

爸妈会比你先走一步

一个令自己心潮澎湃的目标，只能由自己来设定，谁也无法为你代劳，必须当事者本人亲自拿主意。然而，周围的大人，尤其是"家长"这种生物，出于对孩子过度的爱护和过剩的担心，似乎总喜欢从旁指手画脚。我现在还没有孩子，对亲子问题不好说已深明其间的道理，但我知道，父母的唠叨里往往并不含什么恶意。

但是，话说回来，爱操心的父母果真能大包大揽，一辈子替孩子做主和兜底吗？事实并非如此。毕竟大抵而言，父母总会比孩子先走一步。一旦父母离世，孩子将六神无主，彻底丧失为人处世的能力,最终鸡飞蛋打、满盘皆输。从结局来看,一个人倘若缺乏自己拿主意的能力,日后必然会举步维艰。所以说,不未雨绸缪操练一番,事先培养孩子"独立思考,自主行动"的习惯,前景将不容乐观。

"最近公司这帮新人,个个只会听令行事,像算盘珠子不拨不动,难道就不能自己动动脑子,自行推进工作吗?"职场上有些老前辈会这般抱怨。但说到这种现象,实际上,如果不存在一个"鼓励个体自负其责"的环境,必定无法从根本上改变。年轻人直到大学毕业前,都是父母的提线木偶,被爹妈耳提面命,那么走上社会后,一下子要求他们"自己动脑子,在拿到上级指令前先一步行动起来!"简直是不可能的任务。

我的妈妈,从我小时候起,在这方面,唯独在这方面可谓贯彻得不遗余力。她总是激励我们:"要独立思考,凭自身的意愿,自主做决定。不管什么都可以放胆尝试,搞砸了也没关系,完全不必在意。"我自小就拥有这样的生长环境。

有时观察我的小侄子,我也会有所感触:小孩子的行为举动,往往颇为危险、迟钝,在家长看来,还不如自己出手代劳效率更高,也更可靠;尊重孩子本人的意愿,有时反而会给他人造成困扰,或导致做事无法守时,或存在极高的风险。

当然,妈妈并没有完全撒手,放任我们肆意妄为。但哪怕时间有点来不及了,或多少会给人家添点麻烦,她也尽最大可能,尊重孩子本人的意愿,将这样的育儿理念贯穿在我们的成长过程当中。

"点燃你内心火花的目标,必须由你自己去发现。"为此,妈妈十分重视让孩子反复进行"培养个人意志""尝试做出挑战""体验失败滋味""最终获得成功!"的循环练习。尽管过程中需要极大的忍耐力,但在这番磨砺下,我也将"生命力"紧紧攥在了手中。经由这样的训练,我学会了独立思考,保存自我意志,也较少畏怯情绪,能心态轻松地投入各类新事物中去。失败对我来说并不可怕。我早已习惯了它。

不管遭遇什么困难阻碍,我都能抬腿迈过去。不管经历多么巨大的失败,我也有气力爬起来再战一局。这是不体验无数次失败与挫折的人,很难掌握的能力。企图在无惊无险、安稳无忧、被身边的大人们呵护得没有风雨,既不曾领教过失败,也不曾品尝过成功的人生里,培养出强韧的生命力,无异于痴心妄想。

每当我问一些高中生,"将来有没有什么职业梦想?"意外的是,回答"想当公务员"的孩子往往为数更多。这结果着实令我大为震惊。假如公务员是自己梦寐以求的职业,一想到当上公务员就双目放光,那另当别论。可听了这些孩子的回答,我不免有些担忧。

"为什么呢?"我追问。

"公务员更稳定啊,不是吗?"对方答。

一听,我更忧心了。这显然并非孩子本人的梦想,其中也找不出丝毫值得兴奋的地方,孩子只是常听家长灌输,"还是公务员好哇,稳定系数高,要是能考上公务员……"于是觉得,"这样啊,原来工作稳定点比较好",才如此回答的吧,我猜。

在此,我想对学弟学妹们重重地提醒几句:假如单凭是否稳定来规划自己的职业前途,就会忽略许多散落在你身边能令你乐趣满满的其他事物。况且,公务员的工作从当下来看也许较为稳定,但五至十年后呢?是否稳定依旧,还是未知数。

唯有人类才能做到的事

如今,智能化设备(机器人)所能处理的工作越来越多。走进书店,封面上印有 AI(人工智能)字样的出版物摆满了书架。我最近读了本著作,名叫《AI 与读不懂课本的孩子们》(新井纪子著,东洋经济新报社,2018 年版),读完不由大惊失色。据说,以 AI 的智商,目前已经具备考取"MARCH 五所院校"(明治大学、青山学院大学、立教大学、中央大学、法政大学的头文字缩写)的偏差值水平。

我们生活中不可或缺的智能手机,其实也属于"机器人"的一种,家里也随处可见"机器人"的身影。放眼望去,AI 的力量覆盖了城市的各个角落,可谓超级便利。时代已回不到过去。离开智能手机,我们甚至连想去的地方都到不了。

演讲的时候,我给学生们看了一张车站自动检票机的照片。"大家都见过这东西吧?"我问。在场所有人都拼命点头。"这玩意儿啊,其实也属于机器人哦。"我说。孩子们恍然大悟,纷纷附和:"确实。""说的也是哦。"

我继续解说:"这台机器发明出来以前,车站的这个位置,是由人来负责检票的哦。此处原本有一份属于人类的工作。有人会站在这里,给车票逐一确认盖章。这原本是个由人类担任的职位。"

学生们目不转睛盯着我手中的另一张照片——原本该是自动检票机的地方,站着名正在剪票的检票员。这情景在他们眼中稍显陌生,虽说如今去往某些小地方,依然能见到人工检票的例子。

"然而,有人出面提议,'把这些工作全部交由机器代劳,岂不完美?''没错没错!'各方人士齐声附和,纷纷出资,共同研发了这款自动检票的机器。别的车站一看,'这东西好哇!'也跟风引进。"

机器最开始的购买价格虽然昂贵,但与人类相比优势却多得多。它们使用起来精确度更高,更快捷,无须支付薪酬,也从不发牢骚。人类却总抱怨连天,要么嫌上司太唠叨,要么怪工作太累,要么上班犯困,要么大呼无聊,巴望早点下班,或是吵着加薪,等等。而机器人却是零薪资、不计酬,二话不说地卖力干活。现如今,这款自动检票机已经成了我们生活中必不可少的设施。

就这样,人类的工作岗位正逐渐被机器所取代。这样的现象层出不穷。类似的例子在我们的日常之中不胜枚举。那么问题来了。"有朝一日,假如汽车不再需要人工驾驶了,大家认为最发愁的会是谁?"我问。

现场的学生喊喊喳喳,纷纷发表自己的见解。

有个声音说:"是出租车行业吧? 司机的日子恐怕要不好过了。"没错,司机师傅们也许不得不与机器人竞争饭碗,从而被迫去思考:比起价格更为低廉、安全性更高(假设而言)的自动驾驶车辆,我该做些什么,才能吸引乘客选择坐我开的出租车。

有的师傅也许会琢磨："这样吧,为了吸引眼球,索性把车体涂成拉风的金色,再去学学说相声,最后打出宣传语:乘客不仅可享受豪华气派的金色出租车,还能收听超级好笑的段子。"或者,"要不给每位打车的乘客赠送免费饮料?"

但有的师傅,却会不假思索地低头认输,"反正也斗不过机器人!"不得不寻找其他工作,另谋生路。

类似的现象,在当今社会早已屡见不鲜,今后还会以更快的速度不断涌现。因此未来社会里,自己独立思考的能力将无比重要。不是"有了更好",而是"没有就完蛋",可以说时代已经到了这样的地步,不骗大家哦。

人工智能时代的生存之道

"找不到全身心为之兴奋的事。"

"自己动脑子,太麻烦了!"

在人工智能时代,万一到处充斥着这样的孩子,情况将会怎样?我对此十分忧虑。孩子的爸爸妈妈们呢,不知作何想法?

自己过世以后,您最疼爱的心肝宝贝该怎样活下去?社会上还有他们的饭碗吗?能赚到足以维持生计的钱吗?对爸爸妈妈来说,全社会通用的"常识",等到二十年以后,很可能将不再适用。这一点,无论孩子或父母都该做好思想准备。时代与常识的更替,就是如此迅速。

15 年前,孩子若是宣称"将来我想进入亚马逊工作",恐怕多数家长都会拼命阻挠吧?他们会说:"名字听起来就不靠谱,怎么能去这种公司呢,还是考公务员吧!"然而,在如今这个一切变幻莫测、未来不可掌握的时代里,若想生存下去,"独立思考,自我决策"的能力才是最为重要的。

并且,其中为了某个目标激情满满,或拥有内心热爱之物的一部分人,会像超级赛亚人一般强大。说得更确切些,能够不停发现令自己喜爱的事物,并将其变成工作的人,感觉就如同超级战士赛亚人,不管千难万险,皆能屹立不败——这个比喻来自经典漫画《龙珠》,不知大家懂不懂……我一边写一边为代沟而苦恼。

未来的社会人,若想在某种意义上来说极为严酷的时代里存活下去,应当趁现在尽早磨炼出什么技能呢?涉及具体专业的事情我不太懂,但首先,至少要精通某项机器人无法办到,唯有人类才能掌握的技能,这样才能形同赛亚人。

仔细一想,会发现这类技能其实挺多。例如:思考能力,从零到一的创新能力,燃烧激情的能力,做梦的能力……并且,机器人无法参与人类个体之间的深度心灵羁绊之中。因此,与他人彼此支撑,表达感谢之意,为另一个人怦然心动,被汪汪的可爱所打动等,涉及情感层面的体验,尚且是人类才会拥有的专属技能。

顺便拿我来举例吧。跟他人相比,我各方面的能力都比较差:粗心大意,无法胜任细致烦琐的工作;由于运动不足,体力不济,更容易感到倦怠;平时凡事怕麻烦,行为懒散,不擅长各种机器的使用,对那些需要踏踏实实下功夫的事，一下就会失去耐性。可是话说回来，我也有不输给任何人的宝贵的独家秘技。

那便是沟通力。我认为自己与人交流的能力相当强。

说我是凭着沟通能力活下来的也不为过。它成了我的强大武器。自己无力办到的事情，我总能获得他人的帮助。不过，万一我遭遇难题，却碰上"讨厌的家伙"不肯伸出援手，说"沙耶加，我来救你！"那可就没辙了，我只能加把劲儿自己搞定。

向他人表达自身想法，与他人共情的能力，被他人喜爱，获得他人援助的能力——拥有此类技能的人，不管身处怎样的时代，都能像赛亚人一样存活下来。

② 保持没来由的自信

"垫底辣妹有什么厉害的？"

日本电视台有一档综艺节目《二宫先生》，由知名乐队"岚"的成员二宫和也主持。我想起了早先出席该节目的某段经历。节目当天的主题是"有点古怪的普通人"，共邀请了七位嘉宾，我是其中一员。坐在我旁边的，是社会学者古市宪寿。

古市先生是庆应义塾大学高我三届的学长，并且我俩出身于同一个校区(湘南藤泽校区，通称 SFC，校园背后有座养猪场，教室里时常弥漫着一股臭味)。

所以节目当中二宫君问道："古市先生是她大学里的前辈吧？垫底辣妹，想必挺厉害吧？"结果古市答："哪里厉害了？我不懂。我身边这样的人密密麻麻遍地都是。"模特铃木奈奈闻言大叫："这位老师怎么回事啊！讲话也太不近人情了！"惹得全场观众一阵爆笑。这便是当天录制节目的一系列经过。

实际上，当时我很想无视节目进程，告诉古市先生："确实啊，您说的没错。"

我心里一直有同样的想法。"垫底辣妹"的故事被无数人知晓后,我始终在思考,"凭什么是我?"

确实,我是那一年的高考应届生,也当真下了功夫好好学习,以至于自我感觉良好地认为,"大概我是所有考生中最努力的那个!""从最低洼的地方攀爬上来,成功晋升名校的,是我!"怀抱几分自得之意,我身穿一套香槟金色、扑扑棱棱缀满了蕾丝花边的华丽套装,出席了入学典礼(也难怪当时只有一些浮夸的课外社团向我发出邀请)。

可惜,我错了。像我这样的人,乌压压如山似海。"周围的人都一口咬定我绝对没戏,可我偏偏不服气,拼命用功考了进来。"说这种话的孩子其实数不胜数,我绝不是独一位。

不仅在庆应,在东大也一样,自然有无数靠着孜孜不倦的努力迈进名校门槛的同辈中人。其他领域,诸如职业的体育选手,或音乐界名人、卓越的研究学者等,想必也与我有相同的感受(不,他们付出的努力,面对他人的低估时那份不屈不甘的意志,是我难以望其项背的,而这样的人同样不计其数),通过全力以赴的争取,咬碎牙齿的坚持,好容易才将成果攥在了手里。在千千万万这样的人当中,有幸获得回报的,"凭什么是我?"我一再扪心自问。

"你能作为垫底辣妹,经历被改编成电影,那我的故事应该也能拿去拍电影咯!"冲我说这话的庆应生不在少数。"是啊,不好意思。"不知为何,我有种抱歉的心情。

然而,与此同时,网络上充斥着各种质疑的声音,"现实中哪有这么轻而易举的美事?""这个女孩本身脑子就好。""据说她报考庆应前读过预科学校。""听说她英语偏差值本身就有 63 分呢。"

一个个与我素未谋面,也从无交流的陌生人,居然编得煞有介事,实在不可思议。我百思不得其解,为什么这些人要拼命否定我的经历。而更令我惊讶,也使我难以置信的是,许多人对谣言的深信不疑。

那些空口打假,认定我的经历"纯属瞎掰"的人,或像古市先生一样,认为"垫底辣妹哪里厉害了? 这种例子不是多得很嘛!"的人,两者之间究竟有什么不同呢? 我苦苦思索。

要么干,要么撤,仅此而已

为什么竟有这么多人抱着截然相反的两种看法呢? 不过,受邀进行了许多场演讲会,现场观察了许多听众的反应之后,我似乎明白了其中的缘由。这个世上,肯定存在"竭尽全力为某个目标打拼过的人",也有没为什么付出过努力的人。我寻思,区别可能就在此处。

学习也好,运动也好,玩音乐或是什么也罢,总之,用一种豁出命的劲头,为了某件事全力拼搏过的人,不仅会取得相应的成果,自身也会迈上更高的台阶。在拼命进取的路途终点,会像我在庆应邂逅的诸多同辈一样,大家无不闯过了相同的境遇,也曾抱有同样的不甘,使出浑身的气力坚持不辍,最终才爬出谷底来到顶峰。这样的同侪为数不少,而这类人,今后也会和我结为一生同行的伙伴。

我认识许多这样的人。他们的经历绝非什么奇迹,背后是渗着鲜血、挣扎前行的脚印。他们只是切切实实收获了与努力相匹配的丰硕成果。

此外,他们还有一个共同点,就是经历过无数次惨败,也做出过与之等量的挑战。假设最终结果并不遂人所愿,但只要为之努力过,并对奋斗的过程本身感到满足,今后纵使走上另一条道路,我想,他们仍旧有能力取得不错的成绩。

我无意在此奉劝广大学弟学妹,"考一所好大学!"或是"读书要刻苦!"不过,我自己作为经历过高考的人,有一点想对大家讲:在我看来,考一所好大学的真正目的,其实是争取一个对自己来说更为理想的"环境"。

何为环境? 我认为,它是指"身处那里的人"。同理,选择与什么样的人为伍,相伴度过时光,就是为自己拣选一种环境。因此,将高考定义为"选择环境",也不为过。选择把自己放在怎样的环境之下,往往可以左右人生的走向。毕竟,所遇之人质量不同。考一所好大学,考的并非一个响亮的名头,而在于它将塑形我们的人生。要知道,人生常常随境而转。

不仅大学里如此。通过就读名校的这份经历,而得以拓宽的世界,赋予了我们更多可能性去邂逅更多有魅力的人。而这样的机遇,往往又链接着更多新机遇。如此一来,我们的世界,就会在我们自身的选择下无限地拓展开去。

我之所以庆幸当年考取了庆应,理由之一便是,遇到了一群可以称之为"毕生财富"的人。直到今日我手中的许多机遇,几乎皆是由于当年读过庆应,去了东京,才有幸获得的。它们全部与那段经历密不可分。

当年,作为一名从未踏出过名古屋半步的女高中生,对我来说,"报考庆应"是一口气展开自身世界的最佳方法。

说一千道一万,就是少说废话,要么干,要么撤,仅此而已。全看你有没有纵身一跃的勇气。袖手旁观不去行动,只在嘴上说风凉话,"因为人家天生就有考取名校的能力",未免呢,有些可惜。

这里我真心实意再强调一遍:大家不需要人人都去挤高考这条通道。对我个人来说,当年只是恰好觉得,在我眼中莫名闪闪发亮的世界等于庆应(谢谢你啊,樱井翔)。于是,我从"下决心报考庆应",再到"听说考庆应必须刻苦学习",最终"不得不拼命念书",仅此而已。

每个人感兴趣的事物和领域各不相同。因此,必须自己设定一个令你兴奋感爆棚的目标。

人们往往只拿结果说话

我时常想起,高三那年夏天,坪田老师说过这样一番话。

"沙耶加,你一天埋头苦学15个小时,确实很下功夫啊。老实讲,比我当初预期的努力多了。我认为你考庆应一定没问题。不过,等你真考上那天,你觉得周围的人会说什么?"

"这个嘛,肯定是又哭又笑,为我高兴呗。"我嘴上这么答,心里也确实是这么想的。

谁知老师听了,却道:"很遗憾,那你可错了。"

"哦? 那不然呢?"我反问。

"等你考上庆应,周围的人一定会这么说,'沙耶加她呀,本身脑子就聪明。''平时压根不用功,纯粹是天生脑子好。'诸如此类,反正人们只会这样评价你。"

哈? 是吗,怎么可能呢? 我心里质疑。

"不过呢,我们不妨来假设一下:你努力的程度没变,也具备了相应的实力,然而,考试当天你突然发高烧,没能发挥出真实的水平;正常来说,你本该考上庆应,但最终却不幸落了榜。总之,过程中每一步都一样,只是没能收到预期的结果。假设是这种情况,你猜周围的人会怎么说?"

大家肯定会很伤心啊,毕竟我努力了这么久,他们都很清楚。

"嗯,近距离目睹了你努力过程的人,也许会吧。可好久没见的亲戚,或者附近的邻居之类对你的情况不是十分了解的人呢? 一定会这么议论,'看吧,都说了她反正没戏'。'我早知道是这个结果'。我想说的是什么呢? 我想告诉你,人们往往只会关注一件事的结果,以此来下论断。不管你曾经如何舍命而疯狂地为之努力,也不管你是从怎样的低谷一点点爬上来的,不管你一路走来多么艰辛,你不可能期待人们去关注这些过程。"

听完老师的话,当时我心里这样想:"坪田老师好可怜呢,压根没有真心的好朋友……他的心已经封冻了,我身边可没有这么冷漠的人! 我要是考上庆应,大家一定会为我高兴,万一我落榜,他们应该也会替我伤心。"

那时,老师还讲过一句话:"不过,若论什么最重要,那便是你曾用尽全身力气去为一个目标而奋斗的这份体验。唯有它,才是你一生的宝贵财富。拥有这份体验的人,永远不会沉沦。今后无论走到哪里,都没问题。"

直到《垫底辣妹》出版后,我才初次领悟坪田老师那番话当中的深意。我这个人,到底是不是天生脑子聪明呢? 我自己也没概念(不过得承认,从前我总自以为是个天才)。

不过,我曾付出艰苦卓绝的努力,努力到竭尽了所能付出的一切,甚至曾打开电脑,检索"因学习太卖命而累死的人"。

在这里,我并不是向大家讨要赞美,等着被夸一句"哇,你好不容易哦!"因为但凡上了庆应就会明白,这份经历很普通,没什么了不起。不付出这种程度的辛苦,压根进不了庆应。

好多父母喜欢给孩子泼冷水,说什么"垫底辣妹沙耶加,人家原本脑子就好,才成功考上了庆应,你别自不量力了"。我只想告诉这些父母,没那回事。垫底辣妹的经历,才不是什么奇迹。换作其他领域,如果是孩子本身感兴趣的方面,不管怎样落后的小孩,绝对都能为之奋起。请父母不要打压孩子未来发展的可能性。

"沙耶加报考庆应之前读过预备校吧? 我就算花那个功夫也考不上,还是算了吧。"对于这种未来明明挺有希望,但尚未尝试已打退堂鼓的学弟学妹,我想澄清一个事实:我所具有的才能,仅仅是被老师问到"来吧,干与不干,你选哪个?"的时候,在大家众口一词,纷纷劝告"你绝对没戏""还是算了吧"的时候,我心中的想法是,"感觉自己能行!""那所大学好像蛮有趣,试试看好啦!""不挑战一下,怎么知道行不行!"从而拿出纵身一跃的勇气。我具备的只是这项能力。

比起天生脑子聪明,我认为这种能力相对重要得多。据说心理学术语称之为"自我效能感",即"确信自己能办到"的能力。我感觉,拥有它的人格外稀少。真的非常可惜。它并非一种与生俱来的禀赋。在我看来,它是一份勇气。而结果呢?像这样持有毫无来由的自信,勇于向前迈出一步的人,无论失败或是成功的次数,自然也比一步不肯迈出的人多得多,由于从中获得的经验值不断积累,今后成功的概率也会相应有所提高。"这样办感觉行得通!""要不然找那个人咨询一下试试?"诸如此类,在不断尝试的过程中,之前想不到的解决方案会浮现出来,不知不觉间,可以请教的顾问,或对自己有用的技能也会越来越多。渐渐地,原本"毫无来由的自信",就成了"有底气和依据的自信"。

③ 制定作战策略

知己知彼，百战不殆

找到让自己摩拳擦掌的目标，心里肯定道："我能行!"而后飞身一跃。接下来要做的，便是制定作战策略。坪田老师首先交代我去买一本红皮书，即《各大学·学部历年统考试题集》。

红皮书上有一页"历往出题倾向与对策"，我和老师一起把这部分内容吃透以后，将我的复习重点聚焦在日本史、国语、小论文与英文四个科目，也将填报志愿的范围缩小至四个，即庆应义塾大学文学部、经济学部、商学部、综合政策学部（这一点确定得稍晚一些，且后来又追加了上智大学、明治大学、关西学院大学三个选项）。

即使同在庆应，但经济学部和文学部的出题倾向也迥然有别。毕竟各学部希望录取的人才类型不同，所以也在情理之中。出题倾向不一致，考生的应试策略就必须做出相应的调整，应当采取的行动也会随之改变。

具体到我的情况，和坪田老师商议以后，我决定瞄准庆应义塾大学文学部。明说了吧，我对学部本身没什么"非它不可"的坚持。只要能考上,哪个学部都行。管它什么学部,什么专业,一概不挑不拣。只要能当上庆应生,就没有二话。至于将来想干什么,具体想学什么,在当时那个节点,我认为没有必要去下决断。有方向最好,没有也不怕。只要能打开自己的世界,参加高考便大有价值。

再加上我起点过低,根本拿不出时间把所有学部的应试策略全部研究一遍,只能锁定靶心,提高效率,抄最近的路线前行。

报考庆应文学部,我需要集中学习英文、日本史、小论文三个科目。

日本史只能靠背,没别的捷径。不过以当时我的水平,上来便死记硬背也并非上策。由于基础太差,一无所知,抓不住整体的历史脉络,坪田老师让我买套《漫画日本史》,花五周时间啃完。我遵命逐册细读,一面感叹:"哇,战国时代原来比旧石器时代要晚。""平安时代的女性眉毛好粗哦!"一面逐步对日本史的粗略轮廓有了认知。随后,方才开始背诵知识点。

我曾以为,那些死去的武士昔日都干了些什么,与我的人生没有一毛钱关系,但事实却非如此。历史关联着今日。这是老师教会我的道理。

老师说,欲"知今",先"博古",才是最快的途径。如今我才深知老师话中之意。而且,多了解一些历史知识,旅行时会平添许多乐趣。一想到"哦哦,原来坂本龙马曾伫立在此,眺望大海"。眼前普普通通的瞭望台,也顿时让自己感动到瑟瑟颤抖。

学习这件事,只需转换一下视角,就会变成娱乐节目。我常常想,要是当初学校的老师,授课时也能加入点娱乐元素,估计我早就爱上学习了吧。光靠死记硬背,未免太乏味了(听来像在找借口,抱歉啦)。

至于小论文的应试策略,我每个月必须读一册由坪田老师指定的相关课题图书,并写出读后感,由此开始起步。以往,我甚至连书都不翻一下。现在,首先要从习惯阅读印刷字入手。

我一直以为,读书什么的,也太麻烦了。但老师负责挑选的课题读物,本本都非常有趣。一开始,我先读了山田咏美的小说《我不爱学习》。谁知读得格外顺畅,连我自己也吃了一惊,随着情节的展开,脑海里会依次浮现出一幅幅画面,以至于迫不及待追看故事的进展成了我每天期待的乐趣。

此外,还有《哈利·波特》《蟹工船》《蜘蛛之丝》《14 岁的哲学读本:思考方法的教科书》等作品,每个月都会碰到有趣的好书,这让我觉得,"这不比追剧有意思多啦!"

小时候,妈妈常给我念儿童绘本,但印满了铅字的书有多好玩,我是到了高二才初次领略。

另外,我还买了本厚厚的大部头《日本的论点》,把上面刊载的论文逐篇分析、归纳,并对其观点加以反驳,进行了写作方面的特别训练。对时事问题的评议,属于我的弱项,于是我会每天阅览新闻、报纸,从中挑选一个主题,拿到补习班和坪田老师讨论。

至于英文的复习,则从巩固基础做起。每天背 30 个单词,且不可单独死记,要和例句一起熟练掌握。不光把英文语法从初中一年级水平一条条全部看会、记熟,每天还要进行速读练习。起初我读得一头雾水,"这么难的东西,自己真能读得下来吗?"我半信半疑。但不断坚持下去,结果是,一年半之后,我甚至已能流利阅读英文报纸。

总之,如此大批量的练习,我一日不落地切实进行着。

时间迅速流去,到了正式考试一个月前,我才进入默默死磕志愿学校历年试题集的阶段。明治大学、上智大学、关西学院大学是兜底的备选项。这三所大学的往年试卷,我都扎扎实实达到了合格分数线。于是我才放心了一些。没问题,我心想,自己已具备了上战场的实力。

成问题的是庆应。它的试题与其他院校比起来,难度系数果然高得多。尤其是经济学部、商学部,录取的学生在数学方面能力都很强,我一次也没上过及格线。综合政策学部虽说只考小论文和英文两门科目,但小论文是我的短板。答历年考卷时,遇到某些难发挥的论题,我甚至一个字也写不出来。坪田老师也认为,综合政策的考试对我来说估计确实有难度。遂在提交志愿表时,决定把经济学、商学、综合政策这三个学部,纪念性地报考一下(虽无胜算,但为保底而姑且一试的考试)。

坪田老师是个日本历史迷,尤其对战国时代兴趣浓厚。他经常教导我,不管在任何年代,出兵打仗的时候,胸中若没有战术是不行的。考试也一样,要充分调研,制定详细的作战计划。为此,必须在脑子里预测对手将如何发兵,进攻。

光会囫囵吞枣、死记硬背可不行。哪个部分该重点复习,以什么样的次序完成,花费多少时间,考试当天采取的解题方法等,所有这些,都要围绕过往的出题倾向,进行细致绵密的分析,并制定出有针对性的策略。所以,认真分析了第一志愿庆应文学部的出题倾向之后,我与坪田老师拿出了一套应试方案,并一丝不苟执行到了最后。

在这样脚步扎实的复习准备下,我对文学部,尤其英文科目有了相当的把握。读完一篇长文,能准确理解其中含义,并将题目指定的段落翻译成日文。这是我的拿手项,很大程度得益于过去练习中培养的速读能力。也正是由于这一点,正式考试前夕才开始攻克的红皮本,庆应文学部的历年考卷中,有将近九成的题目,我都拿到了分数。之前我一直担心,"文学部要是也落了榜,那就全抓瞎了"。因此把所有重心和胜算,统统押在了文学部上。

把小小的"我可以",变成大大的"我愿意"

还有一句话,坪田老师曾反复强调,即"夯实基础"。幸运(不幸?)的是,我没有基础。"你的脑子是块干海绵,内里空空,所以吸收力绝对没话说。"老师经常这样讲,也不知是褒是贬。但确实,我参加过初中升学考试,至少具备小学语文和算数的基础,而打中学起之后的考试范围,我一点书也没念过。所以英文也好,日本史也罢,从中学开始的课程,我没有任何基础可言(从升入初中起,我便彻底撂挑子,从学习这件苦差事"毕业"了)。

于是,只得从最基本的阶段开始恶补。不过如今想来,这倒也好。尽管不得不开足马力全速追赶进度,但海绵一样的大脑,没有丝毫先入为主的概念,会有一种知识汹涌流入空白容器的感觉。

基于这样那样的情况,总之,我从夯实基础开始了复习备考。坪田老师最开始交给我的辅导书,是一本小学四年级的练习册。"老师,我可是高二学生啊,这也太简单了吧?""我知道我知道,沙耶加是天才嘛,这种小儿科,估计你很快就搞定了。反正,你就三下五除二,把它刷一遍得了。""欸?"我心里直犯嘀咕,但也没有办法,只好从它入手。就这样,我的复习备考总算步入了正轨。

依照坪田老师的吩咐,我默默做起了小学四年级的练习册。即使到了学校,也在课堂上闷声刷题。身边的朋友纷纷爆笑,在她们眼中,"沙耶加终于疯啦!"老师们则拿奇怪的眼光打量我。我上课不听讲,只顾闷头做小学四年级的习题,也难怪他们费解。而我,感觉给大家充当一下笑料也不错,依旧继续下去。无论在家或补习班,我都听从安排,一门心思专注于刷题。

原本觉得"也太简单了吧?"的练习册,实际一做,才时不时发现,"咦? 小学生的题目原来这么难吗?"而且总也拿不了满分,搞不明白的知识点相当多,只能答出七成左右。

尽管如此,我也完成了作业,拿去交给坪田老师。"沙耶加了不起啊! 瞧瞧,这么厚的练习册,你两星期就给做完了。换了普通人(小学四年级)要花整整一年呢。说来说去,你不是天才是什么!"老师对我赞不绝口。从来不曾因为学习获得表扬的我,一阵飘飘然,"哦? 真的吗? 说不定我果真是天才呢! 老师快把下次的练习册给我!"就这样,我被坪田老师巧妙的话术哄入了坑。

然后,老师意味深长地微微一笑,递给我一部小学五年级的练习册,"不知道这本,沙耶加多久能完成呢?""绝对两周之内把它搞定!"我向老师立下保证,回到家便兴致勃勃做了起来,每天都会超额完成当日的任务,同时自己嘿嘿偷乐,"要是一周就能搞定,那老师还不得惊掉下巴呀?"

于是,接下来的对话也不出预料,"老师,瞧,我做完啦!只花了一周时间!""哇!沙耶加果然是天才!"这样的一来一往,足足持续了一年以上。待我意识到时,已经连续每日学习长达 15 小时之久了。此处省略一万字……总之,不知不觉间,我已达到了足够考取庆应的偏差值。

从"我能行",到"我热爱"

坪田老师说,无论学习或做事,道理都是如此,比起"喜欢"二字,首先"我能行"的感觉更为重要。学习也需要自我效能感的不断累积,一上来就从高难的部分做起,只会徒然打击士气。

确实,我也是做了之后才明白。但我发觉,很多人并不懂得这一点。从学校的老师,到家长,以及学生本人,无不如此。哪怕更初级的知识还没有掌握,仅仅以"现在读的是高二"为理由,非要去完成高二难度的题目。然而,学生缺乏相应的基础,或是学过的知识点早已忘记,题目根本做不出来。做不出题,就会连带讨厌这门课,同时丧

71

失自信，怀疑"看来我确实脑子不好"，也越来越不肯坐到桌前打开书本。长此以往，大家逐渐开始产生厌学情绪。再加上还被多此一举地排了名次，跟他人放在一起比较，于是更加痛恨学习。我便是其中一员。

讨厌学习的人，为什么会讨厌？因为"我不行"啊，原因太简单了。无论体育选手，抑或画家、演奏家，一定也是如此。大家都是因为"比别人行"，所以才会爱上自己从事的行当。得到嘉奖与赞美后，才会开心地希望更上一层楼，而愈加勤奋地练习。不管这练习多么艰苦，想到自己能"变得更行"，便难以按捺兴奋之情，从而坚持到底。如此再接再厉、不断提高的愿望，化为一股激情，促使其人付出更多努力。在我看来，这不正是成长的正向循环吗？

反过来讲，无论多么努力也"不行"的事，则很难持续下去。甚至会把人搞到抑郁，还是适时放弃比较好(顺便说，我这人是个舞痴，所以决定这辈子也不碰这件事)。

热爱学习的人，必定是"能学会"的人。先有"我能行"，才有"我愿意"。若想爱上学习，首先得能学会。在这一点上，我迟迟未曾领悟。教会我这个道理的，是坪田老师。

讨厌学习的人(学不会的人)，可以像我一样退回到"能行"的地方，以之为起点，一步一台阶，逐级提高水平。当然，步子太慢悠的话，时间会不够用，必须从手头所剩的时间往前倒推，以此来制定学习计划。坪田老师认为，退回到可以取得六成正确率的地方差不多刚刚好，难度再高的话，学习热情就会下降，怀疑自己"是不是真的很笨啊?""考庆应恐怕真的没戏吧?"从而丧失学习的乐趣,不再愿意坐到书桌前。

如果完成度尚还不错,解题一路顺畅,就不会感到过程特别痛苦,慢慢养成一种"其实我能行"的自觉,每天有勇气主动坐到书桌前,哪怕是之前未曾接触和尝试过的内容,也会比较有继续学下去的动力。

否则,每天的学习任务实在难以为继。光是没完没了地死记硬背,毫无乐趣可言,根本坚持不了。所以,返回到"我能行"的位置,从头做起,貌似绕了远道,实际抄了一条最近的路。起初以为被老师骗了,但真正一试会发现,"咦? 没想到我脑子还挺灵光!"越是心思简单肯听话照办的孩子,进步越快。

④ 拥有成功者心态

宣布"我要考庆应"时,周围之人的反应

坪田老师大学时主修心理学,所以特喜欢往外飚各种专业术语。

"自我实现预言"就是他告诉我的一个概念。如果有迫切希望实现的目标或梦想,平时生活里就该不管三七二十一到处跟人讲。也就是不停挂在嘴边,反复提及。

通常来说,大家都会觉得"把梦想公之于众多难为情啊……""会被别人嘲笑的,说不出口"。可我在这一点上完全没有包袱,次日到了学校便大大方方宣布:"我决定要考庆应啦!"不出所料,周围一阵爆笑。

"沙耶加考庆应?太搞笑了!"朋友人人拿我的志愿当笑话听。但我完全不在乎。没有不爽,也不害臊,只是兴高采烈跟大家一起乐呵。消息很快便传开了。"听说沙耶加要考庆应啦?"朋友三三两两跑来找我确认。"对呀,没错。"我当然不加否认。学弟学妹也前来试探,"学姐你要考庆应吗?哈哈哈……""对呀,没错。"我也据实相告。沙耶加看起来像是认真的。于是这事更好笑了。消息传遍了整个学

校。然后,我被班主任喊到了办公室。

"听说你到处跟人讲要报考庆应?以你的水平,考什么庆应之类的,肯定没啥希望吧。原本你所属的学科里报名参加全国统考的同学就寥寥无几。你这样煽动气氛,会给大家造成不好的影响,请不要再说些奇奇怪怪的话了。你不乐意学习也无所谓,乖乖来学校,在位子上老实待着就行,我会推荐你直升附属大学的。"班主任告诫道。

"呃,可是老师,我真打算考庆应呢。"我想去解释,可班主任压根不听。

好吧,随便你。我继续自己的功课(做小学练习册)。到了高三的时候,我更是鼓起全部干劲,把精力悉数投入复习备考当中,无论在家里还是补习班,都严密按照坪田老师协助制定的计划去执行,为此不惜舍弃了睡眠。

在这个阶段,"我能行"的微小成就感,凝成一股强烈的冲劲儿,使我开启了"学习好有趣!"的自我驱动模式。"学到了之前不了解的新东西,感觉太爽啦!"每天用一种已经掌握了知识点的"完成态"口吻,不断重复和强化自我肯定。借用电子游戏"超级马里奥"来比喻就是,我已收集了足够多的绿色星币,进入了无敌状态!

"明天起,带个枕头去上学吧"

学习太过拼命的我,在家和补习班根本没有睡觉的工夫,到了学校便大睡特睡,比之前更甚。课堂上教授的东西,起初对我难度太大,完全没有听课的意义。到了大后期,某些科目又变得过于简单,依然没有听课的意义。总之一句话,从头到尾没有意义。反正教学计划也没把我个人备考的需求考虑进去,用不着勉强自己。

于是,我决定利用学校四节课的时间补觉。这样一来,一天起码能睡四个小时。所以我猜测,我在各位老师的印象里恐怕是:"这妮子睡得可真香啊,比从前还能睡。"

而后,某一天,我妈忽然被请到了学校。"您女儿又在胡说八道了,说什么要报考庆应。我想,您作为母亲,应该清楚这纯粹是瞎胡闹。请您管管她吧,让她不要再到处散布奇怪言论来蛊惑其他同学了,可以吗?"老师一番说教。

然而,千万莫要小瞧我的母上大人。什么面子、体统、体面,她一律不放在眼里,从来所向无敌。为了保护自己的孩子,她甘愿做任何事,才不会小心翼翼察人脸色,堪称地表最强霹雳辣妈。

"老师,我家沙耶加可是真心实意为了考取庆应而努力,请您多多支持她吧!"妈妈一句话回敬过去,并不肯让步。

老师低估了我妈的决心,没料到她会乘胜追击:"老师,您把我叫到学校来,其实正好。我也有个请求,一直想来拜托您。沙耶加那孩子,最近在家里和补习班一点睡觉的工夫也没有。依您看,她在哪儿睡才好?您不觉得,除了来学校里睡,也没更好的选择吗?以后沙耶加如果在课堂上打瞌睡,请您不要叫醒她好吗?要是不能在学校补补觉,回头还没考上庆应,那孩子可就累垮了!"莫非,这便是传说中的"怪兽家长^①"?（老师，对不起！）

妈妈虽说顶撞了老师，但从我的角度看，却是难得的好事。在她死皮赖脸的出面交涉下，也不知为什么，老师竟屈服了。"请老师务必多多理解！我知道这个要求很过分，但得不到您的理解，今天我就不回去！"妈妈拿出了静坐示威的气势，老师神奇地松了口："行吧，那你让她睡得低调点。"这场谈判，最终以一个谜之折中方案而尘埃落定。

妈妈兴高采烈地回到家，递给我一只糖果形状的小靠枕："沙耶加，明天起，你带个枕头去上学吧。"

于是，我名正言顺、堂堂正正在课堂上睡起觉来。朋友们起初都拿我的事当笑谈，可是见我一次不落地去上补习班，也总把"我要考庆应！"挂在嘴边，渐渐发觉"沙耶加好像是来真格的"。这样的氛围在班上弥漫开来，取笑我的人不见了。取而代之，声援我的人冒了出来。

由于上课我多半在睡觉，不清楚具体情况，但听说老师打算叫醒我时，会有朋友出面劝阻："沙耶加复习太辛苦了，老师您让她睡会儿吧。"对于豁出命去努力的人，大家竟如此友善和包容。从高考的这段经历中，我切实体会到了这一点。

对于认认真真为一件事而努力的人，意外的是，旁观者并不会加

---

① 怪兽家长：Monster parent，又译为怪物家长、恐龙家长，是学校对于以自我为中心、不讲理的监护人所造的和制英语。

以取笑,反而会伸出援手。起初,所有人都把我当笑话,"反正她也考不上!"后来,潜移默化中,我身边居然出现了一个个"应援团"。好友惠美自己明明不参加统考,却因为"沙耶加这么用功,我也不能落后",和我一块学起来。我俩时常结伴去图书馆温习功课。

我默默做完了小学的练习册,又巩固了初中的基础,不知不觉间,已超越了学校当前的教学进度。以往的定期测验,我连十分都拿不到,可慢慢地,即使考试头天不温习,也能取得将近满分的成绩(仅限国语、英文和日本史)。此时,周围的同学开始对我刮目相看了。

我也终于确信,"坪田老师当真有两把刷子!""我们的作战策略没有错!"因而自信与日俱增。

言灵的威力

人是意志薄弱的动物。自己孤单作战,即使发誓:"两个月内本人要减掉五公斤!"也迟迟不行动。美味的油炸食品一旦摆在眼前,便会纵容自己:"算啦,今天不减了,"先饱餐一顿再说。周围没人知道你在减肥,会有朋友来约你,"喂,今天咱俩去吃甜品自助呗?"于是你日复一日随波逐流,最终,减肥的动力跌破底线。你索性放弃:"唉,算了,这样胖着也好。"

然而,总有一些减肥必定成功的人。比如减肥节目的参加者。他们通过电视,向不计其数的观众坦白了自己的愿望,"我要瘦下来!"于是,会有路人上前送鼓励,"啊,前几天的节目我看了! 你目前正在减肥对吧？加油哦！"身边的朋友也会替他着想，"本打算约你去吃甜品自助呢，还是等你减肥结束再说吧！"

同时，电视台的节目制作人等，说不定也会向他施压："你得好好减个几公斤啊，否则我们很难办的。你知道制作费要花掉多少钱吗？麻烦再增加点运动量吧！"

总之，把自己的愿望或目标逢人便讲，等于是在给自己施加压力。也可以说，断了自己逃跑的后路。不在某种程度上把自己这样逼到"绝境"，人们往往很难痛下功夫。抱着"这条路走不通就换那条"的心态，就不会付出令周围刮目相看的努力，或许也将一事无成。

假如你把自己的目标到处宣扬，内心就会产生一股压力，"我已经那样昭告天下了，这下非拿出点行动不可啦！"这比旁人催你、逼你还更管用。

当我逢人便讲"我要考庆应！"以后，四邻五舍的老太太开始喊喊喳喳小声议论："听说谁谁家的姑娘要上庆应哦。""为什么不光学校里，连学校外面也传得尽人皆知啊？"我纳闷地去问老爸，才知道他笑眯眯在工作伙伴和朋友面前大肆显摆："我女儿说不定要上庆应哟，唉，真拿她没办法。"而弟弟，把来家里玩的小伙伴随便领进我房间，组成了参观团："我老姐以后要上庆应呢。看吧，她每天就在这里学习。"连还是小学生的妹妹，在学校的习字课上，老师让写两个自己喜欢的字，她也总是写下"庆应"二字，并把作业纸带回家来交给我。据说，老师问她："哎呀，麻酱将来想上庆应吗？"她回答："不是我，是我姐姐要去庆应啦！"

就这样,我为自己打造了一个后无退路的绝境(一半是拜我家人所赐),"万一考不上庆应,干脆逃亡到某个陌生的小镇去隐姓埋名度过此生算了……"

人就是这样,总在被追赶到绝境时,才终于肯拿出行动。有句俗语叫"三天打鱼两天晒网",为了避免三心二意、半途而废,就该把自己的愿望挂在嘴上天天念叨,这才是最有效的办法。

除了"逼自己一把"的效果以外,天天念叨还有个作用,那便是"言灵之力"。语言这东西,是蕴含魔力,或曰愿力的。不仅要对别人反复讲,也要不停说给自己听。"我绝对会考上庆应!"我每天都大声告诉自己。不光对别人这样讲,还常常自言自语。

更把好友绘梨香写给我的纸条贴在书桌前,上写一排大字,"庆应绝对合格!你若考不上还有谁能行!"如同咒语一般,每天不断经由耳朵(听觉)、眼睛(视觉),反复给大脑植入"考取庆应"的信念。不做到这个地步,热情便很难续航。多多借助语言的威力,是很有效的意识改造法。虽说有点原始,有点老土,但请考生们务必一试。只要持之以恒,效果终将化为分数显现出来。

"人最强烈的情感是什么,你知道吗?"

反复到处说自己的愿望,还会催生这样的状况,好多人会排队劝告你:"算了吧,反正你也考不上。"梦想与目标越是远大,来敲打你的人就越多。

而亲近之人的阻挠,往往更是异乎寻常地执拗。具体到我来说,朋友充其量不过拿我开开玩笑,可轮到老爸,直接气炸了。"你是不是有毛病?考庆应?你连门都摸不到!"于是次日,我气呼呼去了补习班。

"老师,跟你讲哦,我爸这人简直不要太可恶!不按时给妈妈家用,把钱拿去给弟弟买一大堆新球棒、新护具,可对我的补习费却一毛不拔。讨厌死了!"见我气成了河豚,坪田老师道:"你这丫头运气可真好。"

"哈?哪里运气好了?"我不解。

"人最强烈的情感是什么,你知道吗?"老师问。

喜怒哀乐?食欲?睡眠?是什么呢……?

我正在琢磨,老师揭晓了答案,"是憎恨哟。看样子,你现在对父亲怀有强烈的愤恨情绪嘛。试试看,把这股恨意转化成正向的动力,你的学习会像开了挂一般,所向披靡。而且将来有一天,说不定你还要感谢他呢。"

感谢那个臭老头?永远休想!我对老爸恨得咬牙切齿。平时他对我和妹妹(看起来)毫无关爱,满脑子只考虑弟弟的需求,还总是欺负妈妈,(看起来)对家人一点也不关心。我对他只有厌恶。好吧,走着瞧,本辣妹绝对要让他磕头认输!心中赌着一口恶气,我遵照坪田老师的说法,把所有对老爸的怒气都宣泄到了学习当中。果然,接下来犹如启动了魔法,我的学习一路畅通无阻。

老师说的没错。我考上庆应那天,若问谁最惊喜若狂,其实是老爸，开心到飙泪。"当年庆应也是我的梦想啊！"他泣不成声道。"原来老爸年少时也曾满怀豪情……"我心中默默感慨，那一刻，过往对他的愤恨与憎恶，悉数烟消云散。

假如当时老爸一脸慈爱地说："沙耶加想做什么，尽管放手去做好了，钱的问题不用操心。"没准儿后来我也考不上庆应(真实想法)。幸而有了老爸这个"反抗对象"，我才终于学有所成。正如老师所言，憎恨很多时候会转化为感谢，全看当事人如何利用。

我从参加高考的经历中参悟的最大心得，或许正是这一点。当你用生命去为一件事奋力拼搏时，往往会从中收获各种意想不到的"赠品"。

不被任何人信任的恐惧

此外，体育老师也是泼冷水的一把好手："你要是能考上庆应，我直播脱光衣服倒立，外加绕校园裸奔一圈。"

"那您就准备好吧！"我回嘴。

"想看我裸奔你得把证据带来，毕竟你百分百没戏。"

实际上，毕业典礼时当我真把录取通知书放到他面前，他却耍赖道："你可真够闲的，这玩意儿都能自己伪造。"

这样的人，我身边数不胜数。这种现象，在心理学中据说被定义为"傀儡效应"(Golem Effect，当主管对员工，父母对孩子期望值较低，显示出不抱期待的态度时，那么被看轻的人表现也会愈发退步)。

越是用负面的言语不断去贬损、打击孩子,孩子的能力便越低下,成绩也会一路下滑。

反之,还存在一种"皮格马利翁效应"(Pygmalion Effect,是指高期望值往往促使其人在该领域的绩效提升。人心中怎么想,怎么相信,就会有怎样的成就)。坪田老师便是此中的专业高手。据说,只要对孩子寄予厚望,孩子必能获得成长;若有发自内心相信自己的人存在,孩子的能力便会随之提高。而毫不费力做到这一点的,是我的妈妈。我拥有两大制造"皮格马利翁效应"的精神支柱——坪田老师和妈妈。他们不为任何外力所动摇,是最强大坚定的"皮格马利翁效应之柱"。

不客气地讲,除了他们以外,其他人给我带来的全部是傀儡效应,我敢如此断言。但话说回来,我能把各种负面效应悉数转化为学习的动力,也是由于这两大支柱的作用。

假如我身边一根这样的精神支柱都没有,说不定我连考试都不会参加。锁定庆应什么的,就更是白日梦了。

愿意信任自己的人,对孩子来说是不可或缺的存在。假如身边一个这样的人都找不到,怀揣远大的目标,向着它全力奔跑,期间没有任何人伸出援手,只能自己不懈努力,则会相当痛苦而艰难。换作我绝对坚持不下来。

但愿每个孩子身旁,都至少有一根"皮格马利翁效应之柱"。单单如此,他们的人生便将大有改观。要知道,身边成人的态度与表现,往往左右着孩子的人生成败。

比起 30 岁的我，15 岁的我更具优势

时隔多年，最近我又重温了一遍电影版《垫底辣妹》。不知何故，朋友提出想看，我权当作陪。过程中我的心理活动是，"厉害厉害！换作今日的我，还真没自信能办到……"电影讲述了我 15 年前的真实经历，而 30 岁的我却发自内心自叹弗如。

现如今的高中生(尤其是女生)，听听他们的苦恼便会发现，起因不外是"人际关系"。而且，基本都是些在我们成年人看来，"就……就这种鸡毛蒜皮？"的小事。要么"感觉被谁谁给无视了"，要么"最近某女生态度好冷淡"，"跟某家伙为了某事吵了一架，现在看见这人就讨厌"，"和父母闹翻了"，净是这些琐碎的烦恼。但我意识到，这恰恰是年轻人的优势所在。

随着年龄增长，一个人会对生活中的诸多状况习以为常。经验值不断上涨的同时，烦恼的阈值自然也随之升高。赚钱的压力、钱包的窘迫、工作的难题等等，人际关系以外的烦恼层层加码，人们不再动不动为了蝇头小事一喜一忧。这也没错。成为大人，便是如此。

不过，回头想想昔日的自己。哪怕为芝麻绿豆的小破事，也会气得直骂脏字，或倍感受伤。这份血气方刚，反过来会化为一股奋起的动力也说不定。

大人眼中的一粒小石子儿，对视野尚且狭小的年轻人来说，没准

儿是拦住去路以致望不到前途的巨大磐石。光是如此，便会引发情绪情感的剧烈震荡。

若说"化憎恨为力量！"年轻人在这方面更具优势。使成年人惊掉下巴的大事，好多时候是由毛头小子干成的。正因如此，从学生时代起便投入形形色色的挑战当中，多方尝试，会使人生充满无限可能性。让成年人大跌眼镜的那种感觉，无比快意！

坪田老师的来信

老师与我，在整整一年半里，真的几乎每天都会天南海北地畅聊。

不过，他从不教我学习方面的内容。全部，基本上是我在自习。若问我俩到底在聊些什么，我聊的通常是学校里的日常，对臭老头(我老爸)的吐槽，与妈妈、弟弟妹妹、前男友之间的琐事，以及杰尼斯偶像艺人的话题等等，和初次见面时的东拉西扯没太大区别。

不过好玩的是，有时原本聊着我的前男友，会跑题到老师学生时代的某件趣事去，不知不觉，又拐到了当下的国际局势上。前一分钟明明在讨论卡拉 OK 的一首歌，此刻却忽然关联出某个政治话题，接着又扯到了某位朋友，或是宇宙探索中去。我和老师每次在一块儿，总有聊不完的天。开心到我甚至觉得，若没有这些谈天说地的时光，自己肯定无法顺利地迎接高考。同时我也暗下决心，"我要变成一个博学多闻、能够驾驭各种话题的人，像坪田老师那样！"

当时,还发生过这么一件事。"老师,我班上有个女同学,别提多讨厌了!她总在我埋头读书、忙得两眼发黑的时候,来找我聊她的男朋友,要么就是吃喝玩乐的话题,打扰我复习功课。真是烦透了。我都不愿意看见她的脸!"我向老师抱怨。

"沙耶加,你拿张纸,试试写出 20 条她的优点。"老师说。

"20 条!那谁写得出来?绝对不行。"

"行啦,动动脑子嘛。不管什么都可以,写写看再说。"

于是,我回到家,按照老师的交代,试着在作业本上写 20 条该女生的优点。"眼睛大、钢琴弹得好、性格随和……"大约写了 10 条左右就卡住了,剩下 10 条写不出来,我绞尽脑汁苦苦思索。

顺着时间线往前回溯,我忆起与她共度的一些时光以及聊天的情景。说起来,我为某事苦恼时,她好像如此这般开导过我吧……说起来,班上有谁孤零零一个人吃便当时,她总会最先上前去攀谈……类似的小事,一件件浮现在脑海。20 条优点全部写完,我对这位女同学的看法与一小时前已彻底不同。多好的女生啊!我居然对这么善良的人闹脾气,也太小心眼了吧!真想反过来狠狠给自己几拳。

"早上好呀!"次日,我终于可以做到笑容满满地向她问好了。到补习班,把此事汇报给老师:"这是'找优点人际改良法'的一次实际应用。"老师告诉我:"沙耶加真是个发现他人闪光点与魅力之处的天才!有这样的能力,你的人际关系一定会和睦圆满。"

坪田老师教给我的,不是学习方法和考试技巧,而是"生存智慧"。

在那一年半(以及之后的人生)里,我从老师身上学到了难以计数的人生窍诀。"好像魔法一样!"总令我雀跃不已。只要按照老师传授的方法去尝试,必定会有好事发生。每天我都禁不住感慨,自己在这间小小的补习班里,邂逅了不可思议的幸运。

终于,在补习班的日子已所剩无几。某天,我提笔给老师写了封信。对他说:"谢谢,实在万分感谢!"同时也表达了自己内心最真实的恐惧:"万一落榜怎么办? 我快要被压力逼得崩溃了。不过,我真心真意感谢着您。和老师相遇,改变了我的人生。不管最终能否考上庆应,我的世界早已改天换地。遇到您,真好。"我在信中大约念叨了 15 遍"谢谢",然后把它交给了老师。

后来老师也给我写了回信,至今仍是我珍存的宝物。

感谢你暖心的来信。一行行读下去,不由得热泪盈眶。仔细回想了与你度过的一年半时光,这期间,我个人和你进行的深度交流,比任何人都多,也积累了无数美好回忆,纵使十年后再相见,花上几个钟头只怕也倾诉不尽。由此来看,这些日子,对我也不啻为一段深具意义的时光。

本年度最努力的学生,无疑是你,沙耶加。甚至回望这几年间,也找不到第二个例子。当然,绝不可让你的这番努力落空。为此,我自认也倾注了不少心血。我自身尚有许多不够成熟的地方,若问是否已做到完美,还需打上一个问号。不过,技术层面不成熟的部分,我想,已靠态度与诚意弥补了。

尽管对你说了许多过于苛刻和严厉的话语,但这一切,皆是为了今年春天你能笑容满面地迎接即将到来的大学生活。不管你怎样怨恨我都没关系,只要你能获得幸福就够了——这便是我的初衷。

只是,世间事往往有太多不如人意的悲哀。但唯其如此,也才好玩,来世上走一遭才有意义。努力并非总有回报,我也尝尽了失意的滋味。老实讲,你努力的结果如何,我一概无法预测。当然,从我主观意愿来说,希望你参加全国统考,也相信你有实力,但在心愿落空的时刻,被迫直面世事的残酷与无常,也是人生至真至纯的况味之一。并且,当你超越了这份苦痛,身上会生出一种"生而为人"的温暖坚韧的品性。

所以,若问你此刻必须要做的都是什么,那便是每日对自己应当做的功课进行充分的理解,在此基础上,全力完成好它们。不必多一分,也不可少一点。

不管去指望谁,央告谁,找谁请教,眼前的高墙都不会因此减低一分。人面对的阻碍越高,超越之后,获得的成长也越大。反之,只图轻松跨过一些低矮的门槛,志气也会越来越低。此刻你面前的这堵墙,以你的年龄看来,或许太过坚实、太过巨大。现阶段对你而言,恐怕算是"日本第一高墙"。目前你正努力尝试越过它,且至少已经翻越了90%。

不过,剩下的 10% 你是否翻得过去,真要看你心态如何。

此刻你所面临的问题,早已不属于学习技巧、掌握的知识量,以及才华高低这个层面,而在于你如何把握自身现状,全力迎接即将到来的每一步,在于是否能继续发挥这种不惧挑战的心态,或曰秉性。

我相信,沙耶加你一定行。

你虽向来拥有毫无来由的自信,但却在信中写道,此刻已被落榜的焦虑逼到了崩溃的边缘,是吧? 崩溃也没关系哦,痛哭也无所谓,发发疯也是可以的。只要重新站起来就行。一次次被摧毁,又再度爬起……或许,唯有能重复做到这点的人,才会成为一流的勇士。

不要紧,此刻你只是"濒临崩溃",还远远没有被碾碎。万一真的彻底崩溃,失去了站起来的力气,就告诉我好了。任何时候,我都愿意向你伸出援手,成为你的后盾。

总之,请设法跨越眼前的高墙,去成为更耀眼的女性吧! 你会的,一定。

我这人,不擅长口头表白温情的话语,索性便写成文字好了(笑)。温柔的好听话,就以这封信截止吧。剩下的日子里,还请继续承受我不留情面的鞭挞。

P.S.不要认输!

坪田信贵

读着老师的回信,我油然想起,在一次偶然的机会下,我代替弟弟来到这间小小补习班面谈时的情景;也想起当我陷入消沉,哭叫着打算彻底放弃时,是老师从背后用力推了我一把;更想起不管我们聊些什么,他总会耐心倾听我的每句话,最重要的是,每日谈天说地,我们当真是常常开心得捧腹大笑……

是吗?此时的我,原来已经具备了翻越一堵高墙的实力。刚开始复习备考那会儿,目标过于遥不可及,自己打算翻越的高墙究竟有多厚、多巨大,我完全没有概念。然而,这一年半来,我增长了力量,也终于跋涉到了目标脚下。

接下来,我只需相信自己,坚持到最后一刻即可,没问题。我考庆应绝对合格!我若是考不上,还有谁能行!我会翻过去给所有人看看。

在这封信的鼓舞下,我向着终点全力发起了最后的冲刺。

考试当天的心得

接下来打算参加全国统考的朋友,我想给你们一点建议,请务必仔细听好:考试当天千万不要有多余的"花式动作",保持自己平日里的状态和节奏就够了,其他多此一举的事统统不要做!

在我的"本命志愿"——庆应文学部的考试当天,我许了个愿。而它,大大改写了我的命运。

我和坪田老师有过许多"高密度"的共处时刻,也建立起了深厚的信赖关系。老师的叮嘱,我一一照办,甚至非常留意在老师交代的事情上加入自己的理解,进行一些"Plus版本"的尝试。我希望考进庆应,让老师高兴。心愿太过迫切,为此我不惜一切。在这样的信念下,我不遗余力苦读,终于,迎来了在补习班最后的日子。

"沙耶加,你来。"老师把我喊到自动售卖机前,"今天我请你喝饮料,随便挑吧,想喝什么都行。"啊……我胸中感慨万千:"马上要告别补习班了,这样的日子再也不会有了……"想到这里,不禁一阵怅然。尽管我盼望统考赶快结束,但又恨不得眼下的快乐时光能永远继续(声明:不包含任何恋爱方面的情愫)。

"老师选吧。老师为我选的,感觉会有保佑作用。"我说。

大概是包装设计比较抓眼球吧,老师挑了罐Boss彩虹山特调咖啡,拿起油性笔,在罐身写下"考试合格!"四字,递给了我。

"把它当作护身符,带去考试吧!"老师说。惹人泪目。

"老师,我一定会考上庆应来见您!"

"嗯,相信你能行。等你的好消息。"

这便是我在补习班度过的感人的最后一幕。之后和平时一样,我跟老师聊了会儿天,待到晚间10点,便骑着单车回家了。

明天终于要上京赶考啦!妈妈提出陪我一起,但我恳求让我自己去。不知为什么,我希望独立面对这个时刻。

妹妹用毛毡布给我做了只护身符,当中塞着张小纸条,上面写有一家人的寄语。

妹妹:姐姐肯定没问题哒!绝对合格!

弟弟:沙耶加加油!

祖母(如今已去世):梦之"庆应女孩",我相信你。期待好消息!

麻麻:你努力的姿态如此闪耀!没问题,你行的!

老爸:女儿,爸爸以你为傲!

拿到全家人写给我的祝福信,还是破天荒。放在从前根本无法想象。

对待竭尽全力为梦想而奋斗的人,大家竟如此温暖友爱。努力这件事,意外地体验还不错。接下来,就只剩拿下庆应了。

"谢谢大家。我去啦!"全家人把我送到车站,目送我向着东京启程了。

庆应义塾大学文学部,统一考试当日,坪田老师买给我的"吉祥物"咖啡,家人为我制作的护身符,学校友人赠予的、写满了祝福的暖宝宝,还有他校好友寄来的加油信,我统统带在身上进了考场。该做的事,我全做了。没问题,我默默给自己打气,在位子上落了座。放眼望去,人人看起来都像天才……我逐渐忐忑起来。

对啊,开考前最后一刻,跟坪田老师借点力量吧。我掏出那罐咖啡,心中高喊:"老师!赐予我力量吧!"随后一饮而尽。一口气干光整罐咖啡,在我还是平生头一回。本身我平时压根就不喝这玩意儿,再说剩了也没处搁,扔掉似乎又会减损它的保佑力,这么一想便索性全喝光了。然后又去洗手间把罐子清洗干净,放入塑料袋,收进书包里,准备带回家去。

"考试开始!"监考官宣布。"哗啦"一声,考生全员动作整齐地把扣在桌上的试卷翻了个面。我也紧随大家翻开卷子,首先正确填入自己的姓名与考号,接着迅速扫了遍试题。与往年一样,有篇长长的英文阅读。我先看了一眼理解题,这是坪田老师帮我制定的作战策略,先把设问放置在大脑一隅,随后再读文章。一年半里,每天进行大量英文阅读训练的我,对此没什么压力,读得相当顺畅。哪怕有个别生词,考试允许携带英日词典入场,查一查就行。不成问题,感觉一切尽在掌握中。

时间过去 30 分钟后……突然! 我的肚子咕噜咕噜骚动起来。糟糕,我有股不祥的预感,注意力开始无法集中。偷偷瞟了眼左右的考生,"不好意思",我用口形不出声地道了歉,试图继续阅读文章。

然而,肚子不争气地叫个不停。终于,便意滚滚袭来……这下完蛋了,我心想,非得清零重来不可。毅然举起了手,"老师! 我可以去下洗手间吗?"在一位辅助监考员的"押送"下,我到洗手间解决了问题。心中阵阵焦急,时间本来就紧张,这下可麻烦了……

匆匆赶回座位,继续答题。但说实话,肚子仍在痛,难受得我冷汗直流……"老师,对不起!"我再度举起手,再度被监考员押送离场。结果,整场考试中我两次冲向洗手间,之后肚子也一直痛个不休。

换作平时,文学部的英文考试,整张答题纸本该写得满满当当,可今天却留下了不少空白。"停笔!"监考官宣布,一把收走了我的试卷。

完了……通往庆应文学部的大门，已在我面前关闭。肯定是那罐咖啡闹的鬼。坪田老师……瞧瞧你干的好事！我在绝望中考完了接下来的两门日本史和小论文，肚子依旧时时作痛。我哭着回了酒店。

今天这事，该如何解释呢？对妈妈，对老师，我该怎么说……

回到房间，我发了会儿呆。给妈妈打了通电话，情绪平复下来。剩下还有三个学部的考试，红皮本我答得并不理想，可没准儿会发生奇迹呢？重新打起精神，我又翻开了习题集。

好运与霉运"正负相抵"的奇迹

庆应综合政策学部的考试，在接下来两天以后。当时不知为何，我有种不寻常的镇定，已彻底收拾心情，重归平静。

本次考试的科目与文学部不同，只有英文与小论文两门。英文多为选择题，且难度较高。擅长句子翻译的我，为了搞定这些选择题，可谓做了一番苦斗。

不过，该年度综合政策的英文试题，我莫名有种答得还算得心应手的自信。这感觉不太妙，说明考题相对往年过于简单。我心想："大概平均分数线会水涨船高吧，到时候我谁也干不过。"（实际情况并非如此）。

而且，考小论文的时候，罐装咖啡不再捣乱，化为了保佑我的神力。该年的论文主题是"何谓公众舆论"。

就在一周之前,我刚和坪田老师针对"公众舆论"展开过一番讨论。

"你对活力门事件①的主导者堀江贵文怎么看?"老师提问道。

我记起昨天电视新闻里的画面。"嗯……感觉是个超级大坏蛋,毕竟已经被逮捕了吧?"新闻里称其为"嫌疑人",我猜大家都会认为他是个极恶之人。

"只要被逮捕,就是坏人吗?"老师问。

"哦?不是吗?不坏的话,怎么会被逮捕呢?"

听了我的回答,老师停顿了片刻,像平日里那样,为我做了番浅显易懂的分析。

"要知道,电视或新闻媒体上报道的事情,未必百分百是事实真相哟。媒体所播报的内容,面向的是社会普罗大众,而多数人会对其中的信息不加质疑地全盘听信,于是便形成了所谓'公众舆论'。然而事实上,堀江贵文也许是遭受欺骗,被什么人嫁祸了呢?也许当中有许多我们无从得知的隐情,只是未被报道出来呢?你怎么看?"

"呃,那还怪可怜的……"不过真会有这种可能吗?对电视里的说法深信不疑的我,无法立即接受老师的观点。不过,稍微放开想象,"万一老师说的是真的呢?"我不禁开始义愤填膺。

---

① 活力门事件:2006 年,日本活力门公司(Livedoor)涉嫌以伪造财务报表,进行虚假交易,贿赂高层官员等手法,来推动股价上升,操纵交易走向,最终导致股市震动。董事长堀江贵文因违反《证券交易法》而被正式逮捕。

"听我说,真相不可知。正因如此,才需要从各种各样的角度去看待一件事。被媒体和所谓公众舆论牵着鼻子走,就会看不到事实。你必须拥有独立思考的能力。"

和老师你来我往的一番谈话,让我产生了"公众舆论,不可轻信!"之念,并从自身的视角展开了许多思考。

因此看到考卷上的论文题目,我浑身直起鸡皮疙瘩。我这个人,果然运气不错!考小论文,不要一上来急于动笔,先好好构思和搭建文章框架,斟酌字数,设定好大纲,再开始下笔——我按照老师交代的写作规则,和平时一样先在卷子背面粗略地列了个提纲。OK,完美打好了草稿,我高高兴兴写起了作文。

一篇我自认还算精彩的小论文大功告成。字数刚刚好。质量也不错,写出了我的最高水准。靠它兴许真能考上庆应。英文和小论文是截至此刻我完成度最高的两场考试。不过结果无法预测,不到放榜的一刻,暂且闭好嘴巴,不管对谁,什么都不要乱讲。

就这样,我在庆应的考试落下了帷幕。脑子里最先冒出的念头是,终于可以饱饱地睡一大觉了!如此拼了命地为目标而努力,苦战到最后一刻,在我还是平生头一次。在前所未有的轻松畅快中,我呼呼大睡着回到了名古屋。

结果,我报考的所有志愿中,上智大学经济学部、庆应义塾大学商学、经济、文学部,考试未合格;明治大学经济学部、关西学院大学商学部、庆应大学综合政策学部,考试合格。

我终于堂堂正正,成了一名"庆应女孩"。

⑤ 找个教练吧!

坪田老师与学校老师的区别

坪田老师为我所做的,并非"教我怎么学习",而是"激发我的潜力"。没错,我曾对学习深恶痛绝,既觉得乏味无趣,也不知意义何在,更感受不到其中的必要性。

然而,他使我"靠自己"找到了学习的意义和目的。我学会了"自己"做决定,拥有"自主"的意志,并"自行"去付诸实施。而引领我实现这些的,是坪田老师。

学校里的老师呢,只知道面朝黑板自说自话,出题搞小测验,改卷子打分,看起来忙得不可开交。再加上,还要对我这种问题学生严加管教,每天更是忙得鸡飞狗跳,教书实在是份相当辛苦的差事,没有工夫和每个学生耐着性子一对一交流。正是在这种缘故下,学校与补习班才分别担负着不同的教育功能,这本也合情合理。不过我和坪田老师,却进行了无数次对话,和深入彻底的交流。

教育家本间正人先生,有"培训界第一人"之称。我把他视为心灵导师。第一次见面时,他这样告诉我:"垫底辣妹是个典型的例子,你在教育方式从 teaching(教授)切换至 coaching(训练)的瞬间,获得了爆发式的成长。"

"学校里的教育方式是 teaching,输出的箭头是单方面指向目标对象(即学生)的。而坪田老师与你打交道的方式,属于 coaching,是引导箭头从学生自身(教育对象)向外发射。

"沙耶加,你应该见过一个奢侈品商标,名叫 Coach(蔻驰)吧?图案为一辆马车。你试试在英日词典里查一下 coach 这个单词。会跳出'名词:马车'这个词条。但实际上,它还有派生出来的动词性含义,即'把心爱的、重要的人送往目的地',这个'送',不是用蛮力强行地搬运,而是设法唤醒对方的潜在能力,令其靠本身的力量,自行前往。因此,这个词还有'引导'之意。仅靠下命令是办不到的。而坪田老师,恰恰正是 coaching 的专家。我认为他所实践的,才是真正的教育。"

听完本间先生这番话,我顿时恍然大悟,感觉之前的各种疑惑一扫而空。怪不得啊,我在学校里明明一点学习的兴趣也没有,可到了坪田老师面前,却能豁出命来用功念书。老师每天看似漫不经心地与我谈天说地,实际唤起了我内心的斗志,是在陪我一道奔跑。用马拉松来形容,他所扮演的,正是陪跑教练的角色。

"沙耶加,你样子长得还算蛮漂亮的,去念庆应的话,每年校内都有'庆应小姐'的选美大赛。咱就是说啊,万一,你一不小心报名参了赛,又一个不小心,选上了庆应小姐什么的。然后呢,毕业又当上了电视女主播。再然后,没准儿和棒球选手结了婚……你呀,说不定会踏上一条跻身社会名流的人生路呢……"

"真的假的！我吗？能当上社会名流？未来的某某夫人？这也太厉害了吧！"惊叹完毕，我转身又如饥似渴地学习。坪田老师并不教我具体的学习内容，每天只是这样为我加油添柴画大饼。好的教练，通常善于倾听。尤其擅长发问，引导对方开口表达。

"沙耶加，你发现了没？一年前你连圣德太子是谁都不知道，可如今，你已经能够围绕政治话题有条理地发表见解了。你不觉得这种成长很酷吗?"老师问。

"啊，确实！"我这才意识到，"我真的进步了好多！"

对我，坪田老师不光是采取"夸夸模式"，每天大献彩虹屁，而且是时刻留心"给予客观的反馈"。比起不分青红皂白，一味称赞"好棒啊！""好厉害！"将学习者本人未曾意识到的进步，经由口头直言不讳地点明，往往会激发对方强烈的行动意愿。我也是这种方法的受益者。

再者，坪田老师还会根据交流对象的不同，调整和改变谈话方式。老师有一本著作，名叫《九型人格：孩子与您的成长说明书》(KADOKWA社，2016年版)。读了这本书我才明白，自己属于典型的"乐天派"人格。据说这种类型的人，你越吹捧，他就越有干劲儿。不过，同样是赞美的话，却未必对所有人皆有效果。"你加油干，要是考上庆应，前方会有一个辉煌美丽的世界在等你！说不定会当上女主播，跻身名流之列！"有的孩子听了会心跳加速，被这种说辞打动。反之，也有的孩子心里会警铃大作，觉得"老师真是个大忽悠！"所以，教练这一方首先应当做到的,是对学生了若指掌。

正如第 1 章中所述,坪田老师在初次与我面谈时,总之是全程面带笑容保持倾听。实际上,当时他已然洞察了我会是怎样的人格类型。"第一回面谈,我通过和你聊天就发觉,眼前这个女孩尚且没有什么具体的人生目标,只是朦朦胧胧憧憬着一个闪闪发光的世界,一旦有了确信的方向,就会朝着它勇往直前。所以我判断,庆应对你来说估计再合适不过。"老师告诉我。

听说面谈结束时,老师总会对学生抛出同样的问题,"我说你呀,想不想试试报考东大?"闻言,九成以上的学生反应往往是,"东大?肯定没戏吧!"如果反问,"为什么你会这样觉得?"他们会答,"因为太难啊!"再追问,"你怎么知道太难? 你试着做过历年的考题吗?""那倒没有。反正我知道考东大特别难。"他们说。总之,会毫无来由地反复强调目标不可企及。就这样,虽然没什么明确的根据,但既然周围人都说难,就觉得"看来真的很难吧",全凭臆想便削减了自己选择的余地。这种人其实为数不少。而与之对比,当时我的回答却是:"东大啊? 听说那里是帅哥的盐碱地,不感兴趣。"老师再提议,"那庆应呢?""庆应好喜欢!"我立刻飞身朝目标扑了上去。所以当时老师便预测:"这个孩子估计会有不错的成长。"老师心目中的"成长型选手",特征据说便是相信自己"我能行!"的孩子。

此外,该进行哪些方面的训练,依照什么路线、什么时间表去跑,才能尽量高效地抵达终点,老师全部协助我制定了详细的计划,并一直在我身旁充当陪跑(为此甚至想办法把烟戒了),为了避免我热情冷却、斗志涣散，每天都会大声给我打气。

"没问题，沙耶加你一定行！"但凡我稍微能跑得远一点点，他都要如此鼓励，不忽略我任何一点微小的进步，话语明确地给予表扬。如此我才有了"再加把油！"的心劲儿，也才能跑得更快，更远。这些，正是一名教练所应起到的作用。坪田老师并非 teacher，而是 coach。

表扬孩子的"being"

坪田老师认为，表扬孩子的方法分为三种。

"分别是：表扬 doing（做了才表扬），表扬 having（完成才表扬），以及表扬 being（好好活着就表扬）。"沙耶加的妈妈，是在首次的家长面谈中，对我提出的问题'你通常会在何时表扬孩子？'给出正确回答的第一位家长。用她的话说，'孩子放学只要能平平安安到家，我就会感激地拥抱他，夸他，说谢谢你好好回家来。'三种方法中，表扬 being 是最有效的。"

据说妈妈当时回答，"我每天都在想，对孩子来说，学校就是个庞大的复杂的社会，当中存在很多让他们心烦的事、难熬的事、受伤的事，能够做到好好去上学，靠着自己的力量，穿行在车来车往的马路上，还能毫发无损地回到家，是多么惹人怜爱啊！"

"愿意帮爸妈干活，好棒呀！"属于表扬 doing。"拿了年级第一名，真了不起！"属于表扬 having。然而，不是这样去表扬孩子的行动，以及拥有的能力、才华、荣誉或所属的等级与阶层，而是认可孩子的存在本身,这才是对孩子来说最不可或缺的语言互动。

我家的妈妈,每天都在表扬三个孩子的 being。这是提高我"自我肯定力"与"自我效能感"的魔法语句。

我在演讲会上,也常向来宾普及这些知识。但现场会有许多母亲提出,"一上来冷不丁跟孩子说这种话? 好像很难从今天做起吧?""你作业写了没?!""抓紧学习去!"平日里喜欢这样唠叨孩子的母亲,突然间性情大变,说出"宝贝能平平安安回家来,妈妈感到很幸福,比心"这样的肉麻话,孩子是小又不是傻,肯定会觉得"妈呀! 你在搞什么? 怪恶心的"。

所以,我在此教大家一个好办法。凡是做母亲的,比葫芦画瓢就行了。这是本间正人先生传授给我的诀窍。

那就是,跟孩子交流时,把句子主语替换成"我"。You must study! (你抓紧学习去!)主语是"你"。这种句式,叫作"你字句"。请把它的主语换成"我"试试。例如,"我好希望你能用心学习啊。为什么呢? 因为了解未知事物的过程,超级有意思。最近妈妈开始尝试XXX了,感觉特开心、特好玩!"这种句式,主语变成了"我",因此又称"我字句"。如此一替换,听起来感受是不是完全不同了? 这样和孩子说话,也似乎比较好接受。其实,大家原本也是想这样与孩子沟通的嘛!

而且,使用我字句的好处是,对方也容易用我字句来回应。比如,"老妈,我最近也迷上了追动漫,有啃书本的时间,我还想多刷两集动画片呢。""哦? 什么动画片?"你接着追问。如此一来,一场看似稀松平常的母子对话，便愉快地展开了。

能和孩子拥有这种对话的父母，不会再抱怨"真不晓得我家丫头或者小子每天脑子里到底装的啥！"也不再为那些"对对对，我家小孩也有！"的问题而烦恼。孩子也不再觉得："爸妈一天到晚碎碎念，烦都烦死了，跟他们解释也没用，还是别白费口舌的好。"从此不再对父母紧闭心门，双方都轻松了不少。

越是亲子之间，越该多多进行一些看似不痛不痒的闲聊。因为当中多半埋藏着让孩子开心的兴趣点。就像我家妈妈每天所做的那样。

多一点微小的行动力

写到这里，我已为大家传授了许多通过参加大学统考而获得的经验与心得。垫底辣妹的故事，已是十三年前的旧话了。每次演讲完毕回到家，我都会自问，"这段考试的经历，你到底还要消费多久？"高考，不过是我人生历程的一部分。在我三十年的人生中，仅占一年半时间。

基于这段经历，而在我面前铺呈开来的广阔天地，将来也会相继出现形形色色的苦难与挫折。不过正因有它，我才获得了诸多机遇和成长，也拥有了纷至沓来的幸福。

人生，不过是同一过程的循环往复——挑战，失败，重新爬起，再度启程。正因经历过无数次失败，胜率才会一点点攀升。不尝试发起挑战,一切皆无从开始。

　　说起挑战,我认为哪怕从极其微不足道的小事做起也可以,比如"大胆约心动对象见面","今天试试穿高跟一点的鞋子出门"等,做点之前从未做过的事,只要有勇于尝试新事物的心态即可。

　　接下来的章节,我准备写写大学考试之后的个人经历。在如今的我看来,参加高考只需把书本上的东西背得滚瓜烂熟就行,何其轻松(话虽如此,我却不想再体验第二遍,也没有定能考取的自信)。

　　之后的人生,净是没有标准答案的经历。谁也不会告诉我答案在哪里。哪本书上也没写什么才是正解。但唯其如此,也才有趣。

第 3 章

自 那 以 后 :

垫 底 辣 妹 续 篇

臭烘烘的校园

"发现了没？你啊，聊起别人的话题总是津津乐道，真的很享受与他人打交道。像你这种类型的人，与他人的邂逅，往往会成为改变你人生的重大转折点。所以，到东京去吧，去读大学吧，去结识结交更多的人吧。不妨从他人那里接受更多影响。"

坪田老师如此建议，并助力我前往的校园生活，终于开幕了。

意志消沉时，我曾哭着参观了庆应大学的三田校区，在那里重新给身心充满了电。但后来实际考上的，却是简称 SFC 的藤泽校区。从神奈川县名叫湘南台的一个小车站，继续搭公车 20 分钟左右才能抵达。巴士越行驶，周遭越荒凉，老半天才映入眼帘的校园，坐落在一片蓊蓊郁郁的树丛中，让人怀疑是不是误入了森林。校园背后有间养猪场。教室里弥漫着臭烘烘的味道。广阔的建筑用地上，立着几座低矮的教学楼，一洼巨大的池塘突兀地置于中央。旁边的草地上，学生们三三两两，或躺或趴或卧，吃着三明治，玩着手机，翻着书本。"什么地方啊这里……感觉像在外国。"我心里嘀咕。不过臭味依旧熏人。

初到 SFC 的时候，我一阵愕然。眼前这偏僻的景象，和想象中闪闪发光的校园生活相差太远。爸妈你一言我一语,拼命给我喂宽心丸:"沙耶加啊,这里自然景色优美,是个好地方!""嗯,又宁静又惬意,真不错!"

今后,我将在这鸟不拉屎的校区度过四年时光。惨了,我心里哀鸣。不应该啊,之前可没听说距离涩谷要一个半小时车程! 在一种欲哭无泪的情绪中,我开启了大学生活。没办法,姑且先找个课外社团,交交朋友再说。于是,我参加了各种社团的集会活动。

努力考进庆应大学,本身我并没什么特别希望攻读的专业,单纯只是想改换自己身处的环境。对我来说,学习和考试,每次都不过是实现这一目标的工具或曰手段。因此,入学第一日起(确切来说是从考试结束的瞬间),我便又一次把学习丢到了脑后。

坪田老师让我明白了,了解未知事物的乐趣。但比起探索新知,之前戒掉已久的吃喝玩乐,终于可以重新开张了! 这份快乐,对我诱惑更大。

大学里的课程,凭良心讲,极少有我感兴趣的。我跟朋友们商量来合计去,选修的净是"好拿学分"的科目。如今想来,教授班底里那一连串人名,个个都是普通人绝少有机会聆听其教诲的名师。我明明交了这份学费,为何要把如此奢侈的学习环境白白浪费掉呢?

不得不提的是,现如今,我凭着垫底辣妹这个身份,结识了形形色色的新朋友,邂逅了不少为我指点迷津的导师,也对未来有了属于我自己的愿景与展望。与之相应的,求知欲也空前旺盛。我时常后悔,"大学时代如果能早点开窍,早下功夫多好!"但为时已晚。毕竟早已毕业好多年了。不过,即使已从学校毕业,学习生涯并不会终止。所以,尽管如今我早已是一名成人,学习进修的劲头却远远胜于学生时代。可是话说回来,我并不认为自己的大学时光全然无用。(乐观地想)我只是把兴趣投向了其他方面,没有念书的工夫罢了。

回到之前的话题,总之,垫底辣妹的故事,还有篇"沦为颓废大学生"的精彩后续,值得为之勾勒一笔。说到底,人哪,没有目标与愿景,就会荒废下去。不过,四年大学时光,我只是没有好好学习,但在其他方面还是积攒了不少经验值的。

在那里,我遇到了不少堪称"一生财富"的朋友,更邂逅了后来成为我伴侣的男人以及多位导师。那段日子,充满了对今日的我来说不可或缺的宝贵体验。

要不然,大学不读了吧?

考入庆应,我人生中第一次离家独居。在逐渐适应了这种生活以后,我邂逅了心仪的男生,交上了男朋友。对我来说,这是场刻骨铭心的"重大恋爱事故"。交往期间,我与他的恋情一波三折,发生了许多狗血情节。如果悉数记录下来,恐怕会成为一部无聊的言情小说(或者更确切来形容,会是充满了爱恨情仇的"午间剧场")。在此一并略过。我和他谈了两年左右,便分手了。

某天,我由于情绪激动,引发了过度呼吸综合征,抽噎着给名古屋的妈妈打通了电话。

我猜时间大约在深夜一点。妈妈大吃一惊,从床上跳起,接起电话,立刻察觉到我状态不对,和平时不一样。她二话没问,只是在电话彼端静静地倾听。而我也不住地哽咽着,抽泣着,说不出任何话来。

几个小时后,我大约是哭累了,拿着话筒歪头睡了过去。清晨六点时,门铃忽然响声大作,被吵醒的我拉开房门,发现妈妈已站在我面前。

原来电话断掉之后,她便毫不犹豫跳上车,从名古屋驱车飞驰到了我在东京的住所。

那几日,妈妈一直陪在我身边。期间我经历了种种思考,决定办理退学(没开玩笑)。

曾经那么拼命才考进了庆应,此刻为了区区一点恋爱纠葛,我竟决意要放弃得之不易的一切,这何其恐怖……

然而,我是认真的,确实已心力交瘁,痛苦到了极限,打算丢下一切回故乡名古屋去。

那时的我,不仅刚和深爱的男友分手,还遭受了自认最亲密的友人肆无忌惮的背叛,身心支离破碎,已彻底丧失了对人性的信任。

当我对妈妈提出:"这个书我不要念下去了,想回名古屋去。"她温柔地笑了笑,说:"如果这是沙耶加的决定,那麻麻也支持你,回家来吧。"

沉甸甸的信封,毕生难忘

　　以前也发生过类似的事。我在复习备考的过程中,有阵子曾陷入极度的消沉。

　　每天持续不停用功 15 小时,然而,全国模拟考试的成绩却丝毫不见起色。我甚至开始怀疑:"坪田老师难不成真是老爸口中的诈骗分子? 他满嘴跑火车说的那些话,莫非都是鬼扯? 报考庆应这种名校,本来就难如登天不是吗?"开始具备了一定实力的我,在这一阶段,才对挑战庆应的难度有了具体的认知,于是险些被毁灭性的压力击垮。

　　已经拼命到这个份上,偏差值还始终不理想,全国模拟考试的成绩依旧提不上去。我累了,不想干了。我也想和大家一起玩耍,想爱睡多久就睡多久,想去卡拉 OK 尽情 K 歌,想当个赖在电视机前的懒虫。每天,我哭着鼻子在日记里一味宣泄着郁愤之情。

　　对这样的我,坪田老师采取听之任之的策略。"既然这样,那补习班别读了呗。"于是,我愈发怄起气来。补习班,不去了。在家里,也不肯再坐到书桌前。"唉,当初要是没到处跟人显摆该多好。多丢脸啊! 难道又要半途而废?"我真是恨透了、烦透了自己,真想狠狠抽自己一顿。

参加完模拟考试后,来考场接我回家的妈妈,对抽抽搭搭、满嘴丧气话的我是这样说的。

"沙耶加,既然这么煎熬,不如干脆放弃吧?你已经付出了十足的努力。眼看你这么痛苦,麻麻心里也不好受。就算补习班不读了,你也从坪田老师那里学到了足够的本领,去独立寻找其他热爱的事物。跟老师说声谢谢,咱不学了。这段日子你辛苦了。走,麻麻给你做人参鸡汤补补!"说完,妈妈领着我在百货公司的地下超市采买了一堆好吃的回家了。

我听着妈妈真挚果决的话语,想起高二暑假即将结束,我决心报考庆应后的某天,她递给我一只信封。

后来我才得知,当时身为全职主妇的妈妈,手头没有积蓄,而老爸却说,"送你去念补习班,就跟把钱扔臭水沟没什么区别,老子一毛钱也不会给你!"所以,妈妈想尽各种办法,拼命给我筹来了学费。

她把多年来为我和弟弟妹妹积攒起来的三份学费保险全部解了约,还瞒着老爸外出打工挣钱。饶是如此,仍没能凑够数目,又向亲戚低头求情,借了一笔。

"这个,你拿去交给坪田老师,跟他说对不起,过了结款期。"妈妈把信封递给我时,我内心隐隐有一份抗拒,并不想知道里面的钞票具体有多少金额。不想去弄清楚,自己如今正在做的事,到底要花掉妈妈多少血汗钱。我不敢正眼去瞧那只信封,直接拿到补习班交给老师:"嘿,这个,我妈说给您。"

老师接过信封,往里面瞅了瞅,又把它递回我手中:"这东西,你也掂一掂。"平时总是笑嘻嘻的他,此刻面色凝重。

"这份重量,沙耶加千万不要忘记啊。一定要靠自己的能力,两倍地还给妈妈。你应该懂我的意思,对吗?"

自那天起,我在补习班一分钟瞌睡也不敢打。之前,有时我会在卡拉 OK 泡一整天,散摊儿后才跑到补习班,嘴上说"只眯 10 分钟",而后便呼呼大睡。也是从那阵子起,我火力全开,不知不觉进入了每日学习长达 15 小时的状态。因为当时我才意识到,自己没有"复读"这条路可走,不能让妈妈再花上一大笔钱供我重来一遍。我必须考上庆应。意识到这点后,仿佛啪的一声按下了电源开关,我疯狂地、豁出命地学了起来。

然而,辛辛苦苦筹来的补习费,眼看要在我的退缩下打了水漂,妈妈却并不放在心上,立刻同意"咱不学了!"她向来是这样的人。

只要我下决心"打算干点什么!"她必定会陪我一同开心,全力提供支持。然而,好容易开始一件事后,一旦我心生退意,只要是我亲口说"不干了",她也必定会予以肯定,"沙耶自己做出了很勇敢的决定呢"。妈妈向来是这样的人。

所以,当初我并未退出补习班,大学统考也坚持到了最后一刻。心中暗暗起誓:"为了妈妈,我绝对要考上庆应! 将来要靠自己的能力,把两倍于补习费的钱还给她。"妈妈付出的无私、无悔、无偿的爱,总会在我跌倒站不起来时,给予我重新爬起来的勇气。

而且,就这样哭泣着,挣扎着,在好多人的声援下,以得之不易的心情终于到手的大学生活,此刻我却声称要放弃。即便在这种时候,妈妈的态度也依然没变。

"不管任何选择,只要是沙耶加决定的,就一定是最妥善、最完满的选择。麻麻认为这也挺好。无论怎样的痛苦,都是你通向幸福的必经之路。我相信当中没有一件事是完全无用的。"就这样,面对抽噎不止、脑袋短路的我,妈妈一遍遍重复着安慰的话。

妈妈的信，情真意切

从名古屋大老远跑来的妈妈，陪我一起参拜了镰仓的寺院。我们搭乘了著名的江之岛电车，默默无言地眺望了大海，回程中又拐去长谷寺走了走。

每次妈妈与我一同外出，总会碰上雨天。备考阶段，我陷入低潮的那阵子，她陪我参观庆应大学的三田校区，当天也下着雨。不知我俩究竟谁才是"雨女"，反正只要凑到一起，天公必然不作美。

我有气无力地在镰仓的街道里缓步走着，身边的妈妈默不作声。两人一言不发回到了我在下北泽的公寓。次日，妈妈便回了名古屋。

临行前，她递过来一封信，让我转交给分手的男友（这个男生她见过几面）。信没有封口。妈妈交代："沙耶加你先读一遍，如果愿意，就交给他。如果不愿意，也别勉强哦。"

首先，我作为一个母亲，十分担心自己是否在多管闲事，抑或对小孩过度保护，不肯撒手放她自己去成长，再者也许会唠叨一些让你觉得心烦的话。如果这封信让你感到不舒服，那么真的非常抱歉。

只是，在最后一刻，我心中有些话实在不吐不快，所以才拿起了笔。记得初次见面那天，你坐在车里，曾这么笑着对我讲："沙耶加太纯真了，不管对谁都会立刻打开心扉，不加怀疑地相信对方，有时我还挺替她担心的。"听了你的话，我为沙耶加身边有一位如此温柔看待并守护她的人，感到心里格外踏实。

沙耶加长这么大第一次离开父母，独自来到陌生的城市生活，我想，定有许多寂寞、胆怯的时刻。不过，有你陪伴在她身旁，她得以愉快、安全地度过这段校园时光，也从你和周围的师友那里，获得了无数美好的体验与回忆。

其间，她或许太过于依赖你的温柔吧，给你增添了不少痛苦。若是果真如此，恳请你千万谅解。

感谢你对沙耶加的陪伴。衷心祈愿你今后的人生，能够福杯满溢。真心的，谢谢你。

沙耶加的母亲

以上便是信中内容。读完，我胸口仿佛被狠狠揪了一把，顿时心如刀绞，眼泪止不住簌簌落下，有种大声呼喊、狂奔的冲动。

我并非为了与恋人分手而悲伤泪流，而是经由这封信才明白，妈妈怀着怎样的心情，从名古屋送别了自己十月怀胎诞下的第一个女儿，又怀着怎样的心情，拼命忍受着与爱女离别后的寂寞，日日思念着我，为我的平安祈祷。

当我支离破碎,瘫坐在地,无力动弹,号哭着自己再也撑不下去时,妈妈从不勉强我爬起,而是以一片赤诚的爱意和不加掩饰的坦率话语,使我找回了重新站起身,靠自己的双脚再次上路的勇气。

这次也一样,妈妈再度救起了我。当我把这封信交给男友时,他口中小声嘟哝,"你家麻麻,为什么对我一句责备也没有呢?"不管我与男友之间发生了什么,妈妈都会念在他是女儿最珍重的人,而发自内心祈愿对方的幸福。她向来是这样的人。

妈妈和老爸感情一直不好,平时没几个朋友,也没有任何人理解她育儿的辛苦,大家总在责备她。尤其在我婴儿时期,作为她生下的第一个小孩,我终日哭闹不止。她不懂该怎样才能哄我止住啼哭,也摸不透我啼哭的理由及需求,以至于坐在我身旁绝望地大哭,求我不要再折磨她了。

当年妈妈甚至接受过抑郁症的治疗。某段时期,她心思郁结,持续烦闷低落,曾经瞒着所有人,独自往返于心理科门诊,即是患上了产后抑郁。

当妈妈手足无措,望着我无奈地痛哭时,上一秒还哭闹不休的我,忽然冲着她绽放了笑容。"那时的沙耶加,就好像在哄麻麻'别哭啦!'"有一次,她这样告诉我。

当时在妈妈看来:"啊,只要宝贝肯对我笑就够了,世间我别无所求。为了看到宝贝的笑脸,我要好好活下去。沙耶加对麻麻来讲,就是人生最大的希望,是我活下去的意义,是把我从痛苦中拯救出来的天使。"后来,妈妈给我看过当时她画满了插图、写满了内心絮语的速写本。

所以，当我考上庆应时，感觉妈妈的欣喜之中，似乎又夹杂着几分寂寞与不舍。而旁边的老爸，却兴高采烈地欢呼，"万岁！我的女儿要去庆应啦！"

"老实说，麻麻一直相信沙耶加必定会考上庆应。可是，这一天竟然真的来了，我心里吧，不好意思哦，却真有点不太愿意相信。"妈妈说。

然而，父母终究不可凭着自己的喜好与执念，去干涉孩子的人生选择。她劝导自己，不可去左右女儿的个人意愿，于是打消了心中的纠结，为我考试合格而祈祷。对妈妈来说，放开手，与自己心爱的小孩相隔两地，正是如此不甘与不舍。在这样左右为难的情势下，她怀着五味杂陈的心绪，送我踏上了通往异乡的征程。

可惜，她的女儿居然闹了场失恋，有了些人际关系的挫折，就打算当逃兵。我啊，实在太没出息。

假如在这件事上落荒而逃，接下来又要被打回原形，从头开始。好容易凭自己双手拓开的道路，又要关闭在自己眼前。相信将来有一天，我定会为今日的分手而深觉庆幸，也定会拥有最为快乐精彩的人生！读完妈妈的信，我开始有了这样的念头。

不如自己也和男友说句谢谢，就此别过，打起精神往前走吧。再一次踏踏实实迈步从头越吧，一点点捡回身心的碎片，拼回昔日那个自己吧。

洗盘子,倒烟灰,擦眼泪

正如前文所述,我从拿到大学考试合格通知后,就彻底放飞了自我。

若问整个大学时代我到底干了些啥,那就是,结识了许许多多人。毕竟坪田老师也说了嘛,"去结识结交更多的人吧!"对这句话,我理解得十分乐观。

所以,社团活动自然不必提,从大学一年级起,我就在熟人的介绍下开始了课外实习。比如在"东京女孩时尚秀"(Tokyo Girls Collection)上担任幕后工作,一点一滴积累了许多社会实践方面的经验值。

这个时期的我,主打一个"口袋没钱"。身上的衣服大多是实习公司的女老板淘汰给我的旧物(尽管我是个狂妄不逊、不谙世事的愣头青,但老板依然能忍受我担任她的助理),每天靠吃711便利店的关东煮续命(主要是饱腹感充足的鳕鱼糕和魔芋丝)。

后来我寻思,"是时候开始打份零工了",便在住所附近寻觅起来。我的公寓位于下北泽,距离学校有一个半小时车程,但我希望尽量住在市区里。

半夜十二点多,我和朋友身穿休闲运动服,脚下趿着拖鞋,在下北泽的街上四处转悠,自诩为"寻找零工之旅"。我不想通过免费的招工杂志来筛选,而打算一切随缘,实地考察后,凭那一刻的感觉来敲定。

　　我和朋友聊着天在街上晃荡了一个多小时,也没多想,把大马路和狭窄的背街粗略溜达了一圈,最后走入了一条小巷。与灯火通明的主路不同,这里光线昏暗,四下不见人影。忽然,巷子右侧出现了一家感觉不错的居酒屋,从古民居风格的正门,透漏出店内温暖的灯光,氛围宁谧安详。

　　貌似已经打烊,但店内还有人。门扉上贴着"招聘临时工"的小广告,我决定进去瞧瞧。广告单旁还有张搞笑贴纸,上写一行字,逗笑了我,"社员旅行要去夏威夷!(吹牛的啦,其实是去热海。)"

　　感觉这家店挺有意思嘛。我正寻思,屋里有位老兄却吱吱嘎嘎推开格子门,探出身来:"找零工是吧? 你被雇用了,明天带好简历来上班吧。"由于太过突然,我一下愣住了,只目瞪口呆回了句,"哈?"随后便转身回家了。坪田老师的那句话浮现在我脑海:"珍惜每一份缘,与他人的相识与结交,会大大改写你的人生。"

　　我左思右想,考虑了很多。但那家店氛围着实不错,"要不明天过去试试看?"我心思活络起来。可转头又想,"话说回来,既然已答应雇用我,干吗还让我带简历过去呢?"管他呢,我姑且去车站前的照相亭拍了张证件照,贴在简历上,带着上班去了。

　　就这样,我大学生活中第一份零工,便从这家店起步了。顺便说一下,我高中时代也瞒着学校在中华料理店打过工。偶尔碰上老师来店里吃饭,我就偷偷从后门溜走。

上班头一天,发生了一件让我始料未及的事。原本我笃定地以为,自己是店家雇来端盘子、倒烟灰的跑堂服务生,谁知,居然叫我去后厨洗碗。我从没听过"洗碗工"这种职位,但也不好拒绝,便磨磨蹭蹭来到水池边。一位比我早到片刻的男性前辈,给我讲解了一通餐具洗涤的方法与注意事项。我嘴上不情不愿答着"哦,哦……",大致听了听要点,营业便开始了。盘子源源不断从外间送进来,我开始细致地清洗起来。

正洗着,方才的前辈忽然说:"看着点!"然后,先把水槽中的餐具按种类分开,接着手脚极为麻利地在洗碗机中依次码放整齐,最后才启动了按钮。方才堆得似座小山的餐具,顷刻间不见了。

能把盘子瞬间清空并清洗干净,确实了不起。"可是,我也非得这么干吗? 真的假的?"我心里一阵郁闷,"这种速度……臣妾做不到哇!"

所以,我决定把自己的方式贯彻到底。对前辈的严厉注视回以白眼,丝毫没有加快动作的打算,极为小心仔细地把盘里的残渣清理干净,才慢吞吞放入洗碗机。见我逐个执行着这种操作,前辈火冒三丈,"喂! 你到底想不想干!""老子不想! 谁像你啊!"我在心里狂吼。

就这样,打工生活的第一天结束了。可出勤表上已排好了我次日的班。我暂且不会旷工,于是继续像头天那样,和前辈在后厨别别扭扭开始了洗碗工作。

等所有杯子、碗盘全部清洗干净,关掉洗碗机,扫除完毕后,我来到店长办公室。"噢,沙耶加,今天辛苦了。怎么样,感觉习惯吗?"店长故意拔高了声量,爽朗地同我打招呼。大概,他察觉到了什么吧。

"占用您几分钟……可以吗?"我问。店长露出"果不其然"的神色,把我领到一边,离开其他员工的视线。我坦白道:"这两天的工钱我不要了。从明天起,我不来了。"虽说一上来就辞工,感觉有点过意不去,但我真心撑不下去了,考虑再三才下定决心提了出来。

听完我的话,店长笑了笑:"大家都是这么说呢。在你之前,已经有好几个人,尤其是女孩子,刚干完第一天就不哼不哈地撂了挑子。你能这样打声招呼,我很高兴,谢谢你啊!"

"那是肯定吧。"我心说。

"我明白,本店的后厨工作确实太辛苦,交给你的这副担子属实不轻。不过呢,希望你能再努把力,坚持哪怕一周试试看。只要撑过这一周,我有信心,一定能让你感受到服务业的精彩。"

说完,店长恳切地望着我,眼神闪闪发亮,让人猜测,"他不会是哭了吧?"

"这……让人怎么拒绝……"我犯起愁来,"这家店的人好热血啊……怎么回事嘛!"

面对店长过于急迫热切的目光,实在很难开口说:"不啦,我非辞不可。""那好吧,就再试一星期……"我妥协了,没能痛痛快快拒绝,决定姑且再干几天,按照和店长的约定,好歹坚持一周,到时候再提辞职。

我的元气加油站

我留意到一件事：这家店生意之红火，当时在下北泽堪称第一。每天店外总排着长队，客人往往要等上两个小时才能入座。尽管如此，头天来用过餐的客人，第二天仍会光顾。让我不禁纳闷，菜单也没变啊，他们干吗特意往这儿跑呢？

后来，我才明白其中的道理。这些人，来这里并非为了用餐，而是奔赴店员而来。

店门口贴着张宣传语："本店提供的不是美食，而是元气，请勿见怪。"客人嘎吱嘎吱推开木质格子门，迈入店内的瞬间，店员会面带喜色齐声问候："哎呀！XX 先生或者女士，欢迎欢迎！好久没来了吧，我们一直念叨您呢。"而光顾的客人，也大多能叫得出全体店员的名字。在不设隔断的宽敞店堂里，充斥着欢声笑语，每个人皆满面春风，被一种类似演唱会现场的"融入感"或曰"归属感"联结在一起。所有人，从食客到店员，无不感到其乐融融。

有时，某个店员会忽然敲一下大钟，高声宣布："用餐之中，多有打扰！本日来宾中，有一位过生日的客人！"而后，举店为寿星同庆。也有时，大家会齐齐祝贺某个店员的生日、结婚，甚至离职。

简直每天都像演唱会现场。我在后厨的洗碗池边,也好几次感动得必须用力忍住快要夺眶而出的泪水。望着这群快乐工作的人,我发自内心感到羡慕。这辈子从未见过如此能给予他人满满幸福感的空间。客人与店员之间,不存在孰高孰低,谁是上帝,谁又是服务从业者的分别心,而是共同享受着真诚相待的快乐。它使我萌生了一个心愿:希望也像他们这样,打造一个为他人提供欢乐的场所。

"居酒屋真是好地方哪!"店长笑得好似少年。他说得没错,我彻彻底底成了这家店以及所有店员的粉丝,即使当日没有排班,也会领着一群好友来喝上几杯。连她们也纷纷爱上了这里。

这间居酒屋,成了我的"快乐老窝",不仅使我领略了服务业的精彩,也是我邂逅恩师的元气加油站。

丽思卡尔顿酒店的面试

　　这份令我意识到服务业可贵精神的零工，最终，在我即将大学毕业的那年三月才结束。原本只干了两天就打算当逃兵，结果一待就是两年半。

　　入职几个月后，我从后厨"晋升"到了前厅，这下我更开心，干得更卖力了。眼看到了求职季，庆应大学的同窗们个个攒足了劲头，忙着搞企业访问和自我分析，我也不禁感到时间紧迫，而不紧不慢开始了求职活动。

　　周围的毕业生纷纷瞄准电视台、广告公司和大型银行投简历，而我却对之兴趣寥寥。

　　试着做了做自我分析。从事什么活动时我最快乐？我想拥有怎样的人生？我心目中的自己，是什么样？把这些问题一条条列在笔记本上。分析到最后，基准线仍是坪田老师的那句话："你很享受与他人打交道。"

　　我乐于呼朋唤友。这一点大学时代也没有变。如今我对他人的兴趣更浓厚了，遇到了许多待在老家名古屋所不可能拥有的知交。

　　不局限于庆应大学内部，以升学为契机，新世界的大门为我应声

126

而开。我有幸结交到更多优秀的人，数量是在从前的生活中所不能比拟的。在我看来，出色的"人缘运"是自己唯一的强项。在这种本领的加持下，我才拥有了无数奇迹般的际遇，且如今的人生依然不减这份幸运。所以我一直认为，人生充满了可能性！

说来说去，我更乐意从事与人打交道的职业。比如那间居酒屋的前辈们，工作时眼睛里闪烁着热情，我想成为他们那样的人。"还是加入服务行业吧！"我决定了。

然后，我把这个想法告诉了坪田老师。听了我的话，老师当即推荐了一本书："那好啊，你马上去趟书店，把它买来读一读。"

书名叫作《丽思卡尔顿酒店的不传之秘：超越服务的瞬间》（高野登著，KANKI社，2005年版）。我拔腿便赶往书店，新书到手，立刻在回程的电车上默默读了起来。

读得泪水涟涟。这份感动似曾相识，仿佛何时何地遇到过。对了，是和坪田老师初次见面那天！当时的我，心中也是这般滋味！胸中跳跃着兴奋的火苗：是它！是它！这才是我应当前往的道路！

这本书记录了全球五星级连锁酒店丽思卡尔顿里发生的各种逸事，以及经营者所珍视的信条（丽思人称之为"Credo"，意指行事方针、服务理念）。

丽思酒店的员工们，要把"提供超出客人预期的服务"，时时刻刻置于心间。因为这意味着，客人接受服务的瞬间，获得的其实是一份感动。通过这本书，我仿佛看到丽思人享受着服务本身的乐趣，为之热情鼓舞的画面。

发自内心以本职工作为乐,并为之自豪。和那些前辈一样,我想起打工时居酒屋的店员们,双目熠熠,一面开心大笑,一面忙着手中的工作。

我在求职活动的笔记本上写道:"目标:超越那间居酒屋。我希望成为一名服务从业者,在未来的某天,能与以店长为首的所有前辈,肩并肩讲述服务业的动人故事。"

读完此书之后,我做出了决定:能够超越那间居酒屋的,只有一个地方,我要加入丽思卡尔顿酒店!

如此打定主意的我坐言起行,立即上网检索相关的招聘信息。没有。其他酒店的链接倒是跳出来几个,可丽思卡尔顿的却遍寻不获。没办法。次日,我身穿黑色求职专用西服套装,直接造访了位于六本木的丽思卡尔顿酒店前台。"不好意思,冒昧打扰。我希望成为贵酒店的员工,请问能给我安排一次面试吗?拜托了!"

想不出该去找谁接洽,我只能极力说服前台的女接待员,强调自己读完那本书后,有多么多么感动,认为世上再也找不出比我更适合在丽思工作的人才。

接待员微微点着头,和颜悦色听完我的自荐,答道:"明白了。听您这么讲,真的好开心。非常感谢。请您稍等片刻,我立即联系人事部门进行确认,可以吗?"随后便进了办公室。

好久不曾这么紧张了。当日也下着雨(可能我才是雨女吧)。记得我手里攥着把雨伞,和丽思酒店的华丽氛围格格不入的、破破烂烂的一次性塑料雨伞。

静候了大约五分钟左右,方才的接待员回来了。"抱歉让您久等了! 我已向人事部门确认过,实在不巧,本酒店目前只有面向社会人士的录用名额,未开设应届毕业生的招聘。对此我们深感歉意,并发自内心期待,将来某一日能够有机会与你共事。"

如今想来,那位女接待员给出的,简直是神回应哪! 像丽思这样的顶级五星酒店,是不可能聘用初出校门的应届生的。关于这点,即便是前台人员,从一开始应该也很清楚。尽管如此,她还是特意去为我确认了一遍。

我心中暗暗决定,"将来等自己成为一名合格的服务从业者,配得上丽思酒店那天,再卷土重来!"随后便离开了。那之后,我成了丽思更忠实的粉丝。

在此插播一件逸事:数年后,我又重回了丽思。某位婚礼策划行业的老主顾为我安排了一次会面,称:"沙耶加,有个人想让你见一见。"我不知就里,依照对方告知的地点,到了丽思酒店内的某餐厅一瞧,谁知座位上居然坐着那本书的作者高野登①先生!

平生头一次,我紧张到双手打战,哆哆嗦嗦以至于无法顺利递出自己的名片,真是前所未有的体验。"居然是那本书的作者……"我感动得险些飙出眼泪。高野先生手里拿着本《垫底辣妹》请求道:"可

---

① 高野登:丽思卡尔顿酒店日本分公司前社长,社会活动家。著有"服务的细节"系列丛书,包括《丽思卡尔顿酒店的不传之秘:超越服务的瞬间》《丽思卡尔顿酒店的不传之秘:纽带诞生的瞬间》《丽思卡尔顿酒店的不传之秘:抓住人心的服务实践手册》等。

以请你签个名吗?"这么说来,动身前那位老熟人曾交代:"你今天随身带本高野登的著作去吧。"我当真听话地带了一册! 我们二人互相在对方的书上签了名(虽说《垫底辣妹》是坪田老师的著作),共进了午餐,同时也开怀畅聊了一番。自那后,高野先生成了我人生中又一位高山仰止的心灵导师。

你永远猜不到人生的下一颗巧克力是什么味道。最终,我并未加入丽思,成为一名酒店人,但我有幸邂逅了最卓越的导师。

"当年,沙耶加小姐要是加入了丽思,我们恐怕只会是普普通通的上司与下属关系吧。所以,我要感谢当时你没在这里工作。"忘记是什么时候,高野先生曾这样向我感慨。

人生的际遇,无法预测。但正因如此,也才有趣。妈妈说得没错,人生路上的每一步都有意义。

搞不定的"角色扮演"

得知自己没有资格加入丽思后,我开始琢磨,什么工作才能称得上"服务业的最高峰"? 居酒屋过于日常。酒店比较非日常。非日常……应该还有更多其他选项。

思来想去,最终,我找到的答案是"结婚典礼"。"婚礼策划师! 没错。这个职业,要在客人一生中至关重要的日子为其提供帮助。不允许一丝一毫的失误。而且不仅对新郎新娘,也包括双方的每一位重要嘉宾,都要为其奉上最周到完美的服务。唯有这条路是最优选,我要先在这个领域深耕、修炼,长本事之后再重返丽思!"我胸中充满雄心壮志,一回到家便开始登录婚庆公司的网页,挨家投简历,发送求职申请。接下来,又在各家公司的面试中,满腔热忱地大谈特谈对酒店工作的憧憬(看来还是对丽思念念不忘)。

在某家大型婚庆公司的面试中,我依旧像之前那样滔滔不绝发表了一番对酒店行业的见解,居然一路过关斩将,眼看已来到最终面试的前一步时,面试官却给我出了道难题。

"从这一分钟起,眼前所见的任何东西都可以,你随便选一样,把我当成顾客进行推销。要求讲清楚这件东西魅力何在,尽量唤起我的购买欲。"

也就是说,要我演一场推销的戏码?我从幼儿园起,就对带有表演性质的行为特别反感。也不说它是"骗人"吧,但把并非如此的东西,伪装或吹嘘成如此,或把自己假想为自己所不是的人,这种事我真心做不来,甚至觉得羞耻。由于从小有这份心结,我对此类被称作"角色扮演"的活动十分不在行。

不过,毕竟是在面试,没法子,我只好掏出上衣胸前口袋里的圆珠笔,打算把它推销给面试官。"呃……这支圆珠笔嘛,目前是限时特价商品,特别便宜。如果过了这个阶段,价格会翻好几倍呢……啊,对了,最近听说好莱坞巨星布拉德·皮特也有用这款笔哦。所以好多顾客都来找我抢着买买买,真是超级人气商品……"

赶鸭子上架的推销表演,尬得我无地自容。把心中压根不存在的想法,吹得天花乱坠跟真的似的,对我来说实在不拿手。完了,我心想。面试官看傻了眼,从头笑到尾,一脸"惨不忍睹"的神情。我也难为情地尬笑连连。夹着尾巴滚蛋吧,我已做好心理准备。

谁知面试官打破尴尬发了话:"这样吧,你再来一段。随便选样眼下不在面前的东西,向我进行介绍,必须让我体会到它的魅力。"

这就简单多了!包在本人身上!我来了精神。只要不让我做戏,而是描绘内心的真实感受,就不成问题。这属于本人的看家本领。此刻不在眼前,即不在现场的,面试官不知道,只有我自己清楚,但希望介绍给面试官认识的……浮现在我脑海的,只剩下人了。

我最先想到了亲爱的妈妈,她大概是这个世界上最酷的辣妈。不过,等一等,所有面试者拿到这道题,恐怕介绍的都是自己的母亲吧? 人人都觉得,"嗯,我想谈谈母亲",搞得面试官心里翻白眼,"又来?"想到这里,我打消了念头。

脑子里冒出的第二个人,当然还得是坪田老师。"我想谈谈改变我人生的一位恩师。"我告诉面试官,直到上高二前自己的心思从未放在学习上,也完全没有考大学的打算,幸而遇到了这位恩师,才奋起直追,埋头苦读,所以今日才能坐在这里,参与贵司的面试。坪田老师和学校里那些老师不一样,是平生第一个肯认认真真听我讲话的大人,任何时候都无条件地相信我,始终不懈地在背后支持我,当我考上庆应那天,甚至为我流下了欣喜的眼泪……我边哭边向面试官讲述了自己与坪田老师之间的种种动人经历。讲完后扭头瞧瞧四下,其他人早就面试结束离场了。

"真是位优秀的老师啊!"坐在我前方的面试官,静静听完了我的故事,感慨道。"你来参加本司的最终面试吧。上一段推销模拟,我差点以为你要被淘汰了,但刚才这段表现不错。我发现,只要谈的是发自内心热爱的事物,你简直秒杀全场。接下来的面试要加油哦!"

感觉又被坪田老师救了一次。我只是谈了谈老师的故事,竟然有希望拿下这家公司的 Offer! 我不由飘飘然起来,踩着小跳步回家了。接下来的最终面试,也无惊无险地顺利通关,我将要加入这家婚庆公司,成为一名婚礼策划师了!

抱着"誓要超越居酒屋前辈"的雄心壮志,而考入婚庆公司的家伙,放眼所有求职者,恐怕除了我也没谁了。自此,我开启了人生的"婚礼策划师时代"。

自诩金牌婚礼策划师

种种因缘际会之下,下北泽的公寓和居酒屋,以及与一本酒店业秘籍的邂逅……共同引领我找到了自己的人生天职。大学毕业后,我当上了婚礼策划师。时至今日,我依然认为,这份职业堪称"服务业的最高峰"。

毕竟,它可以见证"一个家庭诞生的时刻"。能够频繁见证如此独一无二、失之不再的宝贵瞬间,除了婚礼策划师,类似的职业实在屈指可数。我负责过大量的婚庆筹划工作,却从未见过一例相似的婚礼。它们必然各有各的动人环节,有属于自己的故事。如何找到新人爱情经历中的闪光点,通过丰富多彩的形式,在婚礼当日完美呈现出来,靠的是策划师的不凡创意与过人手法。

总之,我喜欢面谈时和新郎新娘愉快地畅聊,通过深度沟通,找出最希望展现的亮点,而后婚礼当日目睹它在我的策划下惊艳全场,是我最大的快乐。

我在这家公司担任婚礼策划师,前后约两年半左右,却学到了太多东西。从工作性质来看,明说了吧,辛苦程度实在是业界数一数二的。加班特别多,这点在服务行业也属于常态。多数时候要干活到深夜两点多,而第二天一早八点还得准时报到,几乎没日没夜地驻扎在公司里。好多次我甚至觉得下班回家太浪费时间了,不如让我直接睡在工位上。

休息日出勤,清空手头积压的工作,成了每周的必修课。偶尔有一天休假,为了补觉,我基本上一直在蒙头大睡。那阵子,我唯一的乐趣就是追追韩剧,去公共浴池泡澡。在身为打工人的那段时期,我不辞劳苦地干了太多工作,劳碌过度以致犯了荨麻疹,足足一整年都没能治好。所以如今哪怕忙得昏天黑地,同那时比起来,基本不在话下,这让我略感庆幸。且不可思议的是,不管日子多么忙碌,我的心态也始终是满足而充实的。

在这家公司,我依旧受到了工作伙伴的善意关爱。每日被喜欢的前辈、后辈上司,以及同届入职的同事所围绕,有时大家也会调侃:"沙耶加,你真是庆应毕业的吗?"但更多时候,我从他们那里获得的是耐心指导。

值得一提的是,我能掌握敬语的用法,也在进入这家公司以后。不管人际沟通能力再强,不会说敬语的策划师,也属实有点掉链子。于是,我猛练了一阵子敬语。不过,用自己习惯的一套方法去和客人融洽相处后,我会动不动在某些节骨眼一不留神冒出平辈语!就这样,我通过一种松弛随意的方式,迅速和客人缩短了心理距离。但最终,在这个职场上,我不仅掌握了礼貌专业的敬语,也学会了书信的正式写法。

公司每接到看起来风格有点"痞酷"的新人的委托,都会把项目交给我这个"前辣妹"负责。虽然自己说这话略有吹嘘嫌疑,但我力压众同事,是全司上下被客人指名最多的婚礼策划师,项目的签约率也相当高。所以那段时期,我最深切的感受是:人际沟通能力果然重要! 而我喜欢和他人打交道,真好!

就这样,我再次把毫无来由的自信,转化成为有根据的自信,走上了婚礼策划师的职业道路。"这便是天职!"我发自内心认定。直到今天,我还和当年服务过的客人保持着朋友式的交往。看到我认识的新郎新娘,纷纷做了父亲母亲,成为真正意义上的"家人",是我最期待的喜悦。

在婚礼策划师年代,我当真是每周都置身于感动之中,开心到泪目。在我看来,客人用那么昂贵的价格购买我们的服务,而我们却享受着来自客人的感谢,这样的好工作,试问世间还能找到第二份吗?还有哪份工作,能够每周拥有如此精彩的邂逅吗?

我周围极少有庆应毕业却投身服务行业的人,然而,我刚一走入社会,从事的第一份工作便是婚礼策划师,实在是件值得庆幸的事。我不仅收获了无数在此书之外不尽的美好回忆,也拥有了许许多多至今难忘的闪亮瞬间。说到底,我确信,对与人打交道,我有着发自内心的真挚热爱。

第 4 章

邂逅与别离：

更广阔的天地

不谙世事的职场小白

　　成为婚礼策划师以后,我一直脚步不停(也没有功夫暂停)全力奔跑了两年半。每个月都有几件策划案由我主持,每周都会感动得呜呜大哭。婚礼当日,我目送着新人礼成离去,不是与之互道"多多保重!"而是立下约定,"改日一定再见面哦!"然后,转身迎接另一对前来寻求服务的客人,如此过着迎来送往的每一天。然而,事实上,大约自入行第三年起,我从职场小白时期积累下来的困惑与焦虑,愈演愈烈。

　　我所在的婚庆公司,主打时下俗称的"华丽梦幻婚典",会场设计奢豪、精美,单是一场婚礼便能创下极高的营业额。当然,公司也拥有壮观的欧式穹顶、气派的大台阶与时髦典雅的会场布置,足以匹配客人付出的价格。因此,许多新人都"好想在这里举办婚礼!"并痛痛快快签了约。

　　然而,各种费用一笔笔算下来,价格着实不菲。基本上人人都觉得"办婚礼嘛,一辈子的大事"。于是对花钱如流水的感觉,越来越趋于麻木。按平时的价格来想,一捧花这么贵,简直不要太荒谬!但在婚典上,却成了通行的惯例。我接待的客人也每每望着一路膨胀的预算,而抱头苦恼。眼见面前的新人如此为难,我会忍不住陪他们一起发愁,"怎么做才能把预算稍稍打下来一点呢?"

我真心喜欢那些认为"婚礼是一辈子一回的大事"的新人。他们往往心怀瑰丽的憧憬,但是我要考虑每位亲爱的嘉宾有何想法与需求,而绞尽脑汁、倾其所有地筹划一场完美婚礼。

像我这样的策划师,时时把客人的需求当作是自己的需求,总会站在客人的角度思考,渐渐地,开始对公司产生了一丝格格不入的感觉。我喜欢和自己一起工作的每位上司、前辈与同僚。但同时,也是个对公司的经营方针心存质疑的、意气用事的小职员。"干吗不能把价格定得低一些呢!"对此,我怀有一种幼稚的不满情绪。

如今想来,公司从事商业经营,当然以"利润最大化"为追求目标。但在当时,我只是个凭感情行事,到处横冲直撞的新手策划师,并不明白其中的道理。我们公司有条惯例,为了表彰业绩出色的员工,会在全员大会上铺设一条气派的、长长的红地毯,然后安排模范员工走红毯以示嘉勉。我知道,那条红毯平时就收在公司的仓库里。因此听到一位新娘提出,"想在宽宽的台阶上铺满红地毯"时,我赶紧跑去请示上司,"能把本司的红毯借给客人吗?"谁知上司却要求,"你让她花五万日元买下来"。对此我愤愤不平,"好小气的公司!"(哪里,其实这才是一般做法。)

假如想给主宾致辞时手持的麦克风绑上鲜花,需额外加收一千日元,给蛋糕台撒满花瓣,再收五千。策划师必须东一点西一点,把预算不断抬高,再抬高。可我办不到。被业绩数字追赶,以致精疲力尽的我,决定提出离职。在我看来,我无法心存质疑与不满地去为客人提供婚庆服务。

因此,在亲爱的同事的欢送下,我从这家公司毕了业。辞职的时候,好多从前我服务过客人也纷纷前来道别。我啊,向来有点人缘运,向来。

开心的工作不需要"晚五"

之后,我加入了名古屋一家可以按时下班的商社。该商社专营自行车零部件的批发业务。若问一名前婚礼策划师,怎么会转职到这种公司来呢?其实并没有什么值得一提的理由,依旧是缘分使然。此外,可以准点下班大概也算一条理由吧。

可我呢,从来干的是与人打交道的工作,在这里只觉得无聊透顶。相比之下,以前天天只有三小时睡眠的日子,反而有种真正活着的踏实。我深切体会到,唯有和人打交道的工作,才能满足我。

但是话说回来,公司里的人待我很好。从社长算起,我在这里结交了不少真心相待的好同事。每天和大家一起悠哉地共享午餐,是我来这家公司以后才初次拥有的体验。当婚礼策划师那会儿,我总是一面忙着手头的工作,同时随便塞几口饭团或三明治,要么三口两口仓促地干掉一碗杯面,几乎天天如此,从没有今日这种奢侈的悠闲。甚至自己试着在家做便当,带到公司和大家边吃边聊天。原来OL(办公室女职员)的生活是这种感觉啊……我也拥有了"晚五"后的私人时间。

然而,同时我还有另一个发现。那就是,我并不需要"晚五"之后可自由支配的时间。即使早早地回家,我也无事可做。人啊,往往是得不到的东西更可贵,对于现状,却净是牢骚与不满。

正值此时,东京一位刚开始涉足婚庆行业的创业公司老板,向我递出了橄榄枝。大学时代,我曾在他手下实习过一阵子,他的公司真的是个规模迷你的微型公司。老板的经营理念是,提供价格便宜的婚庆服务,使任何人都办得起满意的婚礼。我对之深感认同,虽说对风险投资类型的企业存在一些顾虑,但还是狠狠心下了决定:那就去吧! 说来说去,不能和他人打交道,我真心要无聊死了!

尽管才干了没多少日子,但我还是老老实实向专营自行车零部件的商社老板道了歉:"实在对不起,我还是想从事服务行业。"老板面色和悦:"嗯,我也这么觉得。"随即又叮嘱道:"不过呢,世上有太多事,即使怀抱一腔热情,也终究难遂人愿。所以,万一碰上走不通的情况,你就回来吧,我这边任何时候大门都为你敞开。"当时我不禁感慨,"自己何德何能,居然有这么好的贵人运!"我向老板深深鞠了一躬,随后便办理了离职。

第一段婚姻

2014 年 3 月 14 日，我结婚了。成为我丈夫的人，竟是大学时代打工那间居酒屋的店长。那个教我领悟到服务业精彩之处的男人，成了我的人生伴侣。回到东京，再度成为婚礼策划师后大约第二年，我俩开始了交往。步入婚姻时，差不多是我们相识的第七个年头。命运的走向，有时竟如此迂回曲折，又出人意表。

在我看来，考虑要不要跟一个人结婚，"喜不喜欢"固然重要，但说到底，对方的"人品是否值得尊敬"才是关键所在。对我来说，他是我打工地方的前店长，也是引领我入行服务业的可敬的师长，是可以无所不谈的兄长般的存在，更是一同度过快乐时光的恋人。

交往半年后，我与他正式领证上了户籍。周围的亲友都大吃一惊，但我对这份婚姻有十足的自信。别的我不在行，看人的眼光倒是很准。事实上，他对我的珍爱确实远远超出了我的预期。看来选他不会有错，我立刻做出了结婚的决定。

妈妈和老爸都为我开心。女儿沙耶加能嫁给那位店长，简直像梦一样！俩人乐得合不拢嘴。

以结婚为契机，我辞去了工作，大约在进入那间初创公司两年以后,正值新员工陆续加入,公司逐渐壮大的时候。因为我有自己的梦想——组建一个世上最幸福的家庭。这是我自打初中时期便梦寐以求的心愿。我立志成为一名妈妈那样温柔的好母亲。因此,结婚对我来说,是件无比庄重的大事,我决定把家庭放在生活的第一位。

我的丈夫在结婚当时,也实现了一个多年的梦想,终于开了间属于自己的店。每天下班到家已是凌晨四点,睡到中午爬起来,继续到店里做开门前的准备。这样日复一日忙碌不辍,打从独立开店以后,一天也没有休息过。

起初那阵子,我也常去店里当帮手。开店首日便客人爆满,大多是他相识多年的老熟客,对开店这事早盼望已久。后来也天天宾客盈门,成了一间生意红火、口碑爆棚的好店。

而开店稍早前,恰好《垫底辣妹》一书出版上市了。原帖本来已在网上爆红,积累和发酵了超高的人气,付梓后,眼看着发行量一路走高。

我也随之收到了大量演讲会以及媒体采访的约请,日常生活开始发生潜移默化的改变。不过,"家庭第一"的原则,在我心目中始终不可动摇。可话虽如此,夫妻相处的节奏,或许正一点点变得不再契合。对此,我虽偶尔也有所察觉,但内心却依旧坚信,我与他之间深厚的信赖关系,不会被任何人、任何事所撼动。

挥手自此别

　　大约从结婚三年半左右，渐渐地，我和他之间笑容越来越少，不再似从前那般默契。哪怕一点点小事，也总会发生龃龉。为什么呢？我总也想不通。可惜，夫妇二人已在不同的领域，朝着不同的方向各自而去。

　　尽管彼此的感情依旧未变，但仅有爱是不够的。"离婚"的想法，潜入我与他的头脑，逐渐弥散开来，让我们痛感再也别无选择。流泪深谈了多次以后，我们共同做出了离婚的决策。两人展望的方向、所处的世界，都已不再相同，生活中因此充满了意见摩擦与互相伤害。

　　丈夫为了经营自己的小店，铆足了全力；而我，在垫底辣妹这个身份下，每天不断接受着各种新事物的刺激，头脑被形形色色的新奇感受所占据。双方的经验值积累越多，各自的世界也越是渐行渐远。在可见的将来，恐怕还会出现更大的分歧。我二人都感到，这对我们夫妇来说是个巨大的问题，又似乎难以找到解决的办法。

　　十年后，我想成为怎样的自己？在哪里做些什么？有怎样的面貌，脸上挂着怎样的神情？我幻想了种种可能的相处模式。但无论怎么想，我意识到，二人如果继续相处下去，也徒然只是互相伤害而已。于是,离婚成了最后的决定。

我独自去了四年前二人携手办理婚姻登记的那间民政所,取回了离婚申请表。那一刻的心情,我至今难忘。两人谁也拿不出勇气下笔,任由那张申请书原封不动放了一个月,唯有时光不断流逝。

樱花树下的新征途

大约到了结婚第四年的春天，我和他才手拉手，去民政所提交了离婚申请。当天风和日丽，是个黄道吉日。我家坐北朝南，日照充足，有个宽阔的大阳台。那天，和煦的阳光注入大大的窗子，比平日更为明亮。

去往民政所的路上，我俩相视偷笑："估计啊，来来往往的行人肯定看不出，这对夫妇是去交离婚表呢。"接下来，申请被正式受理，我们解除了夫妻关系。之后，我们又去了附近的神社，祈祷彼此未来的人生能够充满幸福。

随后，我们散步到了目黑川，在缤纷盛开的樱树下赏了花，他拿着罐装啤酒，我擎着气泡烧酒，一同举杯："就当是我们的送别会好啦。"

"我发誓，一辈子不会忘记今天这个日子，不会忘记此时此刻的心情。"这句话，他重复了好几遍。我也望着圆满盛开的樱花起誓："绝对永不忘记。"这一刻不知为何，在我们眼中，周围的游客与烂漫的樱花仿佛都在为我们即将踏上新的人生征途而祝福。

以前我总认为，离婚是彼此的爱意消失那天才会做出的选择。

我和他,经历了一次次推心置腹的深谈,每每光是想象分手的时刻,都会泪流不止。可尽管如此,我们仍是选择为这段关系画上了终止符。

或许,今天对我来说,是有生以来最需要勇气、最不舍,也最心碎欲裂的日子,胸中百感交集,心绪复杂到自己也难以梳理清楚。但是,毋庸置疑,也是我和他开启崭新人生的日子,更是永志不忘的日子。曾经的家人,将成为熟悉的陌生人。我绝不愿,也绝不会对曾经的家人心怀怨怼。

离婚并非贬义词

"我离婚啦!"听我这么讲,大家好像听了什么不该听的话,纷纷一脸歉意地说:"啊,对不起!"可见人人都很体恤我。但我想说,离婚绝非什么负面的事。

承诺余生永远与某人相伴,成为彼此的家人,也就是缔结婚姻契约,确实十分了不起。但未来谁也无法预测,具体会发生什么,无人能提前知悉,自己和对方的感情、彼此所处的环境将如何改变,更是难以捉摸。在种种变数当中,去确定一生的伴侣,绝非一件寻常小事。因此,单凭一时"我爱你!"去抉择结婚对象,结果必然会焦头烂额。

不过,正因为人无法预知未来,才发明了离婚制度。彼此曾为家人的一对男女,得以解除原本绑定的家庭关系,而后各奔东西、各赴前程,这正是设置离婚制度的目的。

回顾自己过往的经历,我不禁感慨,原来还有这么依依难舍的离婚啊!虽然与深爱的人分手,在我并非人生头一回,但离婚的滋味,很难形容,虽比我以往任何一次离别都更理据充足,却仿佛在我心头撕开了一个巨大的黑洞。对方至今仍是我深爱的人,今后也永远是我最为尊敬的导师,是无话不谈的朋友。

在四年婚姻当中,尤其是最后一年,我曾苦苦思索,"夫妇关系究竟意味着什么?"明明彼此深爱,才选择步入婚姻殿堂,结婚之前没有一丝一毫的厌烦、不耐与痛苦,可一旦结为夫妇,为什么相处起来有时竟如此折磨。

和店长是打工的同事那会儿,我们对彼此的情绪不掺杂一丁点愤怒或怨憎,可成为彼此生命中更重要、更宝贵的角色以后,索求却越来越多,一旦得不到满足,为何要么伤心难耐,要么便大发雷霆呢?

那么,当初为何要跟这个人结婚?又为何要提交那一纸婚书呢?假如,正是有了婚姻关系的束缚,才使双方如此痛苦,那么大家为何还要选择结婚,仿佛天经地义非如此不可呢?不结婚,只要能一起生活即可。以同居的形式相互陪伴,明明也很好啊,干吗非要强行捆绑……我不停思考了许多。

不过呢,诸位学弟学妹今后或许也会谈轰轰烈烈的恋爱,希望与深爱的人走入婚姻,共组家庭。我想告诉大家:不管怎样,结婚,终究是人生中至高的幸福时光,而心爱的人回到家中与你相伴的一刻,你会感到无比甜蜜和温暖。

所有的喜悦悲伤,你都希望与对方分享。与单纯的"男女朋友"关系截然不同,你们结成了"命运共同体",区别仅在于是否递交了一张纸片。可这张纸片的效力,真是非同一般啊!我曾无数次感慨。

我家曾有一棵茉莉盆栽。每年一度,会开出一小粒一小粒清香扑鼻、如梦似幻的可爱花朵,花期短暂易逝,遂成了我和他年年期盼的快乐,刚刚结出花苞,两人就开心不已。

"沙耶加仿佛像个小太阳,世上再也找不出第二个人如你这般温暖。将来,你必定会邂逅一个美好的人,再次恋爱,拥有美满的婚姻,组建世界上最幸福的家庭。没问题,沙耶加你一定能行!"

离别之日,当我提着行李,走出家门时,他这样告诉我。

那天,我在他的目送下,哭着离开了家,哭着乘上出租车,又哭着登上飞机,最终在观众热切的目光下完成了演讲,实在是精疲力尽。

不过,当日来听我演讲的鸟取县高中生,他们不经世事的纯真笑容与话语,不知为何,却莫名给了我鼓励。没问题,我一定没问题。我必须这样告诉自己。

离家几日后,他发来了一封邮件。

"今年的茉莉又开花了。好可爱哟。"

2018 年 3 月 1 日　凌晨 3：48

今天这个日子,今天的这份心情,我要铭记在心,永不忘记。

2018 年 2 月的最后一天。此时已是深夜两点,就在刚刚,时间进入了 3 月。今天,没有晚间的活动安排,我恰好在家。他也恰好没出门。"前阵子捐赠故乡税①,对方寄来

① 故乡税:日本政府为活化地方经济,于 2008 年推出的一项公益举措。号召城市居民自由选择向自己出身、成长的故乡,或感兴趣的地方自治团体进行慈善捐赠,可借此享受一定比例的所得税减免,同时也能获得捐赠对象回馈的土特产等。

了当地特产的牛肉,要不晚饭涮火锅吃?"于是时隔许久,我和他又围坐在餐桌前。这阵子一直很痛苦,双方都在回避面对面的交流。其实彼此心里也清楚,是时候好好谈一谈了,却掉转视线,不愿正视。吃火锅的期间,两人都默默不语。

当我已经饱到快要塞不下最后一片牛肉时,他忽然打破沉默,提起了离婚的话题。这个家怎么办?这套公寓呢?家具怎么处理?两边的家人那里怎么开口?存款怎么分?话题越具体,心中越是绞痛。"当真走到离婚这一步了啊……"我带点半信半疑,又很清楚此刻正在进行的谈话。明明是我们自己做出的决定,可为什么却感到难以呼吸。

无意间,厨房里的一瓶日本酒映入我的视线,是前阵子参加演讲时获赠的礼物,牌子叫"田万寿"。"要不要喝点?"我问。"沙耶加要喝的话,我也来一杯吧。"他答。于是,他貌似兴致不错地取出了妹妹赠送的成套酒盅,以及最喜欢的酒壶。说来,这只酒壶我们老早曾约定要一起启用,却一直闲置在柜中。

他为我讲解了久保田家的万寿、千寿、百寿三种等级的清酒之间有什么区别。我边听边"嗯,嗯"点头附和。眼前这个孩子气的男人,带着少年才有的清澈笑容,是我深爱的人哪……

于是,我也聊起了最近一直没机会聊起的话题。"昨天

155

呢，我在札幌遇到了一位老师，我们谈了好多学生的事。当时我就在想，哪天自己也能主持个电台节目该多好啊，可比上电视有意思多了。我今年的目标是出一本自己写的书。《垫底辣妹》虽说取材于我的亲身经历，却并不是我个人的作品，它属于坪田老师。我也好希望拥有自己的作品啊！倾尽全部诚意，写一写自己的各种体验与心得。然后呢，这两天我在读一本名叫《何谓战略性思考》的书，内容也太难了吧，读得我快吐了！唉，包括封面，看起来也是特别枯燥的感觉。真是的，一点趣味性也没有。不过，书里面提到了一种游戏理论，我猜，如果能把它吃透的话，整本书就会有意思起来吧，所以把那个单元反复死磕了好多遍……"就这样，我聊着看似琐屑的话题，而他微笑地倾听。

"我想，以你的性格，今后也会尝试许多新的挑战，不断结交新的朋友。我一直希望，你能在自己的领域里，拥有更多志同道合的伙伴，活得更尽兴，更舒展。因为我的缘故，店里的同事们想必也很失落吧。从前，每天晚上你都会领着大伙挨家逛遍小酒馆，把酒畅谈。聊起将来的打算，你总是神采奕奕，两眼放光。可自打结婚以后，你彻底失去了这些乐趣。今后，你一定要多跟大伙去喝喝酒，聚一聚哦。当年我在居酒屋打工那会儿，最喜欢深夜那段时光了。'打烊后去喝一杯？'你总是这样呼朋唤友，带领同事们四处去喝酒，所以我才觉得，大伙一定很乐意追随这个人吧。

通过那段时光，我得以了解到你内心的许多构想。你打算开家怎样的店，今后计划如何经营等，都是那段时间告诉大家的。

"而我自己，为了让更多的孩子能够活得生机勃勃、有声有色，我想继续学习深造，拓展自身的能力，把垫底辣妹的使命，发挥到最大程度。为此，我也渴望挑战更多的机会，仅仅在演讲会上分享过往的经验是不够的，我打算攻读研究生，提升自己的专业能力。"

"今后，咱俩都要更加努力地成长哟。"他说："相信我们一定会成为最好的朋友！让周围的人都发笑，说'怪不怪啊，这俩人明明早分手了，怎么关系还这么好？'就算变成了老头子、老太太，内心深爱的人也不会变啊。回头到了哪个纪念日，就一起跳跳贴面舞啥的，希望我们变成这样一辈子的好朋友。我相信能够做到！

"对了，你知道一个名叫'香菇占卜'的网站吗？快看快看，超级准哟。你是金牛座对吧，我是双鱼座，瞧，上面说咱们活得都像孩子一样，是怀着一颗赤子之心长大的！这不就是咱俩的写照吗？"他开心地大笑。

"那个女人，是我最引以为豪的前妻。他呀，是我最引以为豪的前夫——将来，咱们一定要活成值得对方如此夸口的人哟。所以，彼此都要加把劲儿才行。在各自的领域，决不能打败仗。沙耶加你啊，真像个热乎乎的小太阳。"他眼中含泪,微笑说道。

　　这一天,我今生今世永不会忘记。为了铭记此刻的心情,我提笔写下了这篇日记。此时,从隔壁不知谁家,传来了《向日葵的约定》的歌声。糟糕,又把我给惹哭了。

第 5 章

垫底辣妹眼中的教育

高中里的实习经历

离婚后，我做的第一件事，便是搬家到了札幌。这个城市，以前我只和妈妈旅行的时候去过。为何要搬去札幌呢？我是为了去一所高中实习。

该校全名是札幌新阳高等中学，据说三年前险些关门大吉，由于招收的基本是些偏差值徘徊在 40 分上下、没有指望就读其他高中的学生，因此人称"差等生最后的堡垒"。

鉴于这种状况，就读的学生人数逐年减少。三年前，"学校是否该关停"的话题终于被提上议程。在此节骨眼上，被推举接任校长的，是该校创始人的孙子荒井优先生。自那后，他以校长身份一直在任了五年。

我当年就读的初高中，是每年招生人数将近 400 名的所谓"猛犸校"，体量巨大。被尊为"校长先生"的人，实话说吧，在我眼中，也不过是个陌生的中年大叔。然而，这位陌生大叔的办公室（校长室），我却不幸被"宣召"，去拜见过一次。

前文中我曾提过，初中三年级的时候，我偷藏香烟被老师抓包，当时学校有个不成文的惯例，就是"无限期停学处分"须由校长亲自下达指令。于是，我被传召了。头一次进入宽敞的校长室，我在沙发上坐下来静静等候。没一会儿，校长驾到了。他"扑通"一屁股坐到我面前的沙发上，发话道："你啊，是人类里的渣滓，是我校的羞耻。"而后长长叹了口气。纳尼？一个平生头一回打交道的陌生大叔，凭什么这样骂我！关于我，他又了解多少？我怒冲冲夺门而出。

由于这件事，"校长先生"四字所代表的形象，在我心目中与"讨人厌的大叔"画上等号，并扎下根来。不过，从荒井先生在脸书上探讨学校、教师以及学生问题的各类文章中，我却得不出这种印象。"真是个有趣的人哪！"我每每感慨，并给他发送了私信。以此为契机，我们无话不谈起来。

长这么大，我前前后后读过不少学校，但名叫"学校"的这个地方，实在是太难求新图变。即使有心做出一些改良，也需要层层报备，取得各种人士的批准，推行起来阻力重重。况且，教师们本身也没有去思考、推行新举措的那份余暇。因此，在我印象里，学校一直是最难破旧立新、寻求变革的组织。

荒井先生曾这样告诉我："我来接任校长那天，学生们甚至连句问候都没有。老师们人人叹气，说方法都用尽了，根本没救。什么'礼貌问候周'之类的，能试的全试遍了，也不见一点起色。我心想，'是嘛，那真的很棘手啊'。可是有一天，我和负责打扫卫生的阿姨们喝茶聊天，阿姨告诉我，学生们有认真打招呼啊，明明很热情啊。'咦？'我寻思，'怎么和从老师那里听到的情况不太一样？为什么呢？'于是，我在全校大会的校长发言时间，向学生提起了这件事，'打

162

扫卫生的阿姨都在夸奖你们哟,说你们打招呼特别热情。我身为校长,为此深感自豪,谢谢大家!'"

谁知,次日起,"早上好!""老师好!"学生们纷纷礼貌地问候起来,把老师们吓了一大跳。

要知道,命令句是无法改变对方行为的。我的妈妈是个从不使用命令句的人。荒井先生也没有采用命令句,便迅速扭转了学校的风气。不,改变新阳高中的并非荒井先生,而是校内众多的老师与学生。

教育,是缔造未来的事业。学校,是缔造未来的场所。关于教育,我强烈渴望掌握更多的专业知识,不止步于分享自身的经验,而是更深入地探求和学习。使我萌生这个念头的,是每次参加演讲会,遇到的众多学弟学妹。

"荒井先生,我有意进入研究生院深造,在教育专业上更认真深入地学习。"某天,我试着征询他的意见。

"想法很棒啊!我觉得可行。不过想深入了解教育,在现场实地学习,才是最快捷的路径。沙耶加小姐,高中是个了不起的地方哟。我也是当了校长以后才懂得这个道理。每天,这里都在上演新的故事。校园里风起云涌,精彩得很呢!你能从高中生身上学到许多东西,那多好啊!"

于是,几个月后,我在札幌租了间小小的一居室,便搬了过去。我并非受雇于学校,也没有领取薪水,倒像是自作主张"赖"了下来,开始了我的实习生活。而随后四个月里经历的事,大大改写了我的价值观。

校园文化造就学生

　　每年,我都会受邀举办很多场演讲,听众有家长、学生,以及形形色色的教育相关人士。其中,承蒙各所学校的邀请,也有不少专门面向学生的分享。自己说来或许不够谦虚,但我有自信,学生们对我的发言都听得饶有兴味。

　　渐渐地,参加的演讲会多了,我发现了一个疑问点。明明每次分享的内容相差无几,不知为何,各校学生的反应却大不相同。有的学校,弥漫着一股"不许说笑!"的氛围,想要逗笑现场的学生,总让我使尽浑身解数。有的学校,氛围相对自由,大家可以说说笑笑,现场随意私语,发表自己的见解。学生们听了我的发言,要么发出"欸?"的惊叹声,要么全场爆笑。我自己也讲得更来劲了,一不小心成为滔滔不绝的话痨。

　　一座校园的文化,从学生的面貌即可窥知。比如,校风如何,重视哪方面的教养等,看看学生听讲时的反应,大致就会有点眉目。

　　有生命力的学校,允许学生拥有自我意志,或者说,也具备推举这种行为的环境。相反,背向而驰的学校,恐怕会设法打压学生的自我意志。我认为两者的校园文化,存在巨大的差别。

在我看来,教师们平日里如何对待学生,采用怎样的说话方式,如何进行沟通交流,将大大影响学生接受新事物、新看法时的反应,并产生截然不同的效果。

我还是高中生那会儿,这种差异似乎天经地义地存在着,但我对之却浑然不觉。因为我只了解自己就读的学校。而如今,一个月往往要跑好几所学校,把全校学生的表情、反应一齐尽收眼底,看得格外分明。校园里的文化、老师的言行态度,将左右学生的人生以及人格,这一点也不过言。

校规存在的意义

有一次,我去某所学校演讲,一群浓妆艳抹的女生到校门口来送行时说:"可以问个问题吗? 关于校规这东西,您怎么看呢?"

我还是高中生那会儿,觉得校规算什么啊,统统见鬼去吧! 裙子短一丢丢,哪里有罪了? 头发染成金色,给谁添麻烦了? 所以,我从不遵守这些条条框框,打了耳洞不说,裙子总是比规定的长度短20厘米左右,还偷偷染了头发(每次又被勒令染回去,于是颜色变得更不伦不类)。

这些行为,为什么得不到允许呢? 尽管想破了脑瓜,在当时也始终没有答案。于是,我去质问老师,"喂,凭什么不让我们染发? 你们当老师的,不也好多人都染嘛。""禁止化妆? 可将来变成了大人,化妆不是一项日常礼节吗? 为什么高中生化妆就有问题?"听了我的疑问,老师答道:"这是规定。""是规定,就必须遵守。"

哈? 我更加费解。哈?? 从学生的角度来看,就是满头问号的感觉。听了老师的回答,本来应该遵守的规则,孩子们肯定也不会遵守。正因为不明白"为何非如此不可",才向老师寻求答案,老师本来只需把背后的理由好好解释清楚即可。

时隔12年,我又重新回到学校,才终于弄懂了,"校规为何而存在?"综合偏差值愈高,学生理解力愈好的学校,校规也愈发宽松。这种例子十分常见。哦? 为什么呢? 我开始琢磨其中的理由。

我猜或许因为,学生如果具有良好的判断力,不需要校规来约束,也基本没什么问题。即使没有校规的限制,大家也能依照场合的需要,选择恰当的着装、仪表和谈吐。假如学生尚不具备这方面的判断力(这与孩子的个人能力或偏差值无关,而是环境影响的结果),那些体量巨大、人数众多的学校若不设任何校规,可以预见,将会问题重重。

从老师的角度来看,在学生染不染发这个问题上,实话说,其实压根无所谓,如果校方不要求批评教育,老师反而乐得轻松,其实也不想多嘴。然而,就算校方不做追究,学生一旦出了校门,在外面尽情放飞自我,却有可能伤害到他人,或被警方逮捕,给学生本人的一生带来无可挽回的后果。为了避免此类遗憾发生,学校会有意识地培养学生遵守规则的习惯,从而设置相应的校规。

"奉行零校规理念!"对校方和老师来说固然省事,但对学生来说,却存在巨大的风险。毕竟,发型流里流气,万一上下学途中被校外的混混盯上,"这小子,别太嚣张!"从而纠缠不休,没准儿会白白挨一顿拳脚。有时候,送掉小命也不是不可能。

参加求职活动的时候,要是漫不经心顶着一头金发前去面试,本来有希望拿下的 Offer,恐怕也会因此黄掉。打扮得太过没品,化着花哨刺眼的浓妆,兴许会搞得场面尴尬不堪,留下非常丢脸的体验。裙子太短,露着小内裤走在街上,单单如此就有可能卷入非常事态之中。我终于明白了,校规的存在,正是为了避免学生陷入此类麻烦。

前任"清纯系"辣妹的提议

那么,学生们为何却不愿遵守"为学生好"而设置的校规呢?

关于这个问题,我猜,老师们也挺头疼吧? 在此,我这个前任"清纯系"辣妹,想大言不惭地提点建议。

学生为什么不守校规? 因为,方才我也讲了,他们看不出这件事到底有何意义。学生不是傻子,看不到意义的事,没工夫耐着性子服从。再者说,校规之类的条条框框,哪里赢得过年轻人的表现欲。当年我如果读的是男女合校,要我素面朝天去见喜欢的男孩子,想都别想。我认为,为了教学生遵守规则,使他们明白非遵守不可,就该大家一起来思考,规则的设定具有怎样的意义。

不是由老师来强行灌输,而是学生与老师共同思考。在充分讨论的基础上,如果发现,"说来说去,这条没啥意义吧?"就该将此条款废除。我觉得,由师生共同商定即可,不知大家意下如何? 毕竟学生们如果真正理解意义何在,也明白校规的存在是为自己好,还是比较乐于认真听从的。

正因为老师和学生不能拿出些时间来面对面交流,说得更直白点,在一个老师们忙到甚至腾不出一丁点余暇来与学生交换想法的系统里,稍后将不得不费更多时间来处理麻烦。于是,师生都会觉得对方"好难搞!好烦人!"这是我在如今多数学校里经常见到的情景。

每一条校规的制定,都有其相应的意义。没有意义的校规,不就变成了所谓的"霸王条款"?把它取消掉就行。留着它,不单惹人厌烦,还只会伤害教师与学生间的信赖关系。

但话说回来,有些在社会人士看来毫无意义的校规,其实从学校的角度考虑,或许自有它的作用。每所学校重视的东西和考虑问题的思路,都各不相同。所以各自在校内展开老师与学生的民主讨论,我认为是最好的办法。

正因为我曾是名被老师严加管教的"超级劣等生",才能看到一些其他人所忽略的风景。我全心全意地祈望,老师们试图拿命令句来指挥学生之前,请先设法与学生建立起信赖关系。

越是头脑迂腐的老师,爱用居高临下的眼神看待学生,摆出一副"我来教教你"的嘴脸,越是在沟通交流这方面,做得极其糟糕。仿佛是高高端坐在清凉殿上的大老爷,喜欢凌驾于他人头顶。我和这种人一点开口交谈的欲望也没有。

我发现,即使不对学生发号施令,只要说一句"恳请大家多多配合",便马上能得到响应的老师,通常都十分擅长道谢,喜欢把"谢谢"二字挂在嘴边。他们往往能赢得学生的信赖,作为一个抛开了身份头衔的"人"本身,而获得大家的爱戴。

遗憾的是,我在初高中时代却未能遇到如此值得信赖的好老师。总是处在他们的暴怒与怨责当中,甚至说句话也没人愿意听。从学校后门溜走惨被抓到(放学时恰好碰上难搞的老师把在校门口),第二天被点名喊到教职员办公室,和绘里子一起罚跪在门口,进进出出的老师几乎没有谁会搭理一句,全部一脸轻蔑,翻着白眼打我们面前走过。他们的名字,我至今还记得清清楚楚。我猜,全体老师估计都看不惯我,而我也厌恶他们。所以,我内心的想法从未有机会获得聆听,便毕业离校了。毕业典礼上,我找不出一位想去跟他道声"谢谢"的老师,纪念照片上也没有任何老师的身影。

正因过往有这样不愉快的经历,我才明白,如果师生之间能够更加开诚布公地交流,双方该会多么轻松。当年,我多么希望老师能听听我内心的想法,多多认可我,不要忽略我的存在。

然而,为此深感遗憾的我,通过在新阳高中的实习经历,对老师这个"遭人讨厌"的职业,逐渐改变了印象。教职员办公室里,老师们讨论最多的话题,全部是关于学生的。天天脑子里装的净是学生的事情,左思右想,不停调整自己与学生相处的方式。我见过不少这样的例子,终于意识到一个原本司空见惯的事实:名叫"老师"的这群人,是"为了学生的未来在工作",而不是照本宣科,把教学大纲上的东西讲完便万事大吉,也不是成天追在"坏孩子"的屁股后面严加管教,把他们撵得到处蹿就够了。

初高中时代,我若是能和老师们多聊聊该多好,肯定许多事情都会随之改变。说不定在遇到坪田老师之前,我就会发现学习的乐趣,上学这件事本身也会快乐许多。如此想来,当年一天到晚玩命跟老师对着干,真是傻到家了。

对学生来说,老师的存在感过于巨大。毕竟,他们是父母以外身边大人群体的代表。在学生们眼里,"大人"即等于"老师"。老师如果活得怡然自乐、闪亮耀眼,孩子们也会单纯地效仿,"我也想早点变成大人,看起来太好玩了!"相反,老师如果迂腐呆板、缺少风采,小孩子对学习也会意兴阑珊,认为"大人太无聊了"。孩子就是如此单纯的生物。

希望老师们争当"好玩的大人",成为学生们乐于追随的人生模版。如果成长过程中身边有位老师能让学生感叹"好想成为这样的大人啊!"那真是幸运极了。

所以,请诸位师生敞开心扉多多交流吧!我想,相当一部分老师会因此发现:"哦,原来这孩子也有不少可取之处嘛。"我当年虽说不懂这一点,但愿意当老师的大人里,好心眼的家伙,意外地还挺多。

学校绝不可消失

　　如今,在日常不必往返于学校,只需利用网络在线学习的通信制教育逐渐盛行,招生数量年年攀升的大趋势下,或许出现了一些"学校是否应当取消?"的呼声,但越是在这个风口,我越是强烈感受到,"学校"这样的学习场所,绝不该从此消失。

　　学校,是个小型的社会。每个孩子,将来必会有踏入社会的一天。学校正是为了迎接那一天的到来,而进行预备练习的场所。

　　一旦走上社会,我们有很大概率会遇上各种奇奇怪怪的人,明明心里嘀咕,"这家伙什么毛病,真叫人费解!"却又必须与其结为伙伴,携手去达成某个目标。

　　学校里也一样。跟讨厌的家伙、合不来的家伙不凑巧分到一个班级,不得不作为同学而朝夕相处,这种情况多不胜数。不过,比起死记硬背课本上的死知识,我认为,这份经验,即克服人际沟通考验的技能,才是应当在学校掌握的东西。

　　拥有强大沟通能力的人,在未来的时代里必然会更具优势。毕竟,机器无法参与或取代人与人之间直接的情感交流,就算拥有强大的记忆功能,也做不到用心替他人顾虑和着想,学不会察言观色和

"阅读空气"。与朋友争吵,领受来自他人的善意,并为之感动感谢,这些它们都办不到。机器力所不及的事情,必须由我们人类自身去完成。设法提升这方面的能力,学校堪称最为合适的训练场。

在凡事都可以通过线上完成的时代,为何清早明明困得要死,还要特地爬起床,好像傻子似的,和大家聚集到同一场所,走进教室,坐在椅子上,在同一空间内朝夕相处呢? 这其中自有它的道理。关于这点,我作为前任辣妹,通过在高中的实习经历,也是到了 30 岁的年纪才刚刚弄懂。

我们每个人,皆出身于不同的家庭,有不同的父母,成长的环境等方方面面皆存在差异。因此,个人视为天经地义的东西(自以为是的想法)、思考方式、心动对象的类型、爱吃的食物、饮食习惯、与父母的关系模式、经济状况等,全部因人而异。不存在什么"全人类普遍适用的标准",因为人人各不相同。这种差异,或许便被称为"个性"。

不仅是生长环境,每个人与生俱来的天赋、容貌、特长等,也五花八门。我天生就是圆圆脸,妹妹则是鹅蛋脸。我皮肤白皙,妹妹黝黑。所以我总说:"真羡慕你不用老跑美黑沙龙。"就连姐妹也相差如此悬殊,那么其他人必然更是千差万别。

男孩未必会爱上女孩,女孩也未必总爱上男孩。无论男女皆有可能被同性吸引,并恋爱交往。有些同性情侣甚至希望走入婚姻。这些,不过只是个性差异。

学校正是了解"差异"的场所。差异的存在并非坏事。人们应当彼此接纳、认可。我认为,这样方可称为社会。了解自身以外的世界,懂得人与人之间有何不同,对自身的认识也将更为透彻。但现实是,大家对自己的了解意外地少之又少。

对将来必将步入社会,设法生存下去的我们来说,学校是培养这种能力的训练场。因此,我认为它绝不可消亡。不过,假如实在抗拒上学,也不需要强迫自己。作为替代方案,可以在学校之外认真寻找一个锻炼自己的地方。

偏差值不会转化为生命力

我有一首最心爱的歌曲,名叫《现在是我人生的第几章啊?》,来自大阪的 Ulfuls 乐队。偶尔我也会冒出同样的想法:此时此刻,自己的人生进行到哪个段落了呢?

学生时期的我,自然与当下的我完全不同。而早先不明白的问题,如今自然也悟通了其中的道理。这样的例子数不胜数。《垫底辣妹》描写的我当年的考试经历,仅属于我人生的小小一部分,发生在短短一年半之间。除此之外的漫长时间里,我基由更多的机遇与经历,学到了更多东西。

我在一年半里将偏差值提高了 40 分,成功考入庆应义塾大学,这段经历虽已广为人知,但我心里非常清楚,光凭偏差值高这个技能点,在社会上是走不通的。

一旦出了社会,没有谁会来打听,"喂,你偏差值多少?"甚至问你出身于哪所大学的都很少有。读了名校,从此人生便高枕无忧了吗?并没有。如今这个时代,纵使东京大学毕业,却难以融入社会,因而陷入困顿的也大有人在。那么,为何千军万马挤独木桥,人人渴望考一所好大学呢?父母们又为何巴望自家孩子能跻身名校呢?

我这人，没什么拿手的科目，也不比任何人懂得更多，可以说一无所长。为之心动雀跃的，也不过净是"帅哥"啊，"莫名闪闪发亮的世界"之类不值一提的小事。但是，这就够了！有目标就挺好！总之，能去挑战自己感兴趣的事物即可——如此赐予我人生契机的，是坪田老师。

　　无所谓啦，不管这契机是杰尼斯的偶像艺人，还是对"桃花运"的期待，抑或"给谁点颜色瞧瞧"，都没问题。总之不变的是：假如不拿出行动来，万事都不会开始。

高考是选择理想的环境，学习不过是实现的手段

　　并且，若要我给大家贡献一点建议，我想说：找不到自身兴趣点的人，或缺乏一技之长的人，在高考中奋力一搏，不失为一条可行之路。在我看来，考试制度是一种十分便利的筛选机制，因为从根本而言，但凡肯付出努力即可取胜。

　　而另一方面，不依赖于考试的人生方式又怎样呢？例如，铃木一朗那样吃体育饭的棒球明星；或靠绘画、音乐赚钱的艺术家；搞汽车设计、动画制作等具有特殊技术，在专业领域谋求发展的能人巧匠；早早创业，自行开发商品或服务，以此盈利的人士……类型多种多样，但不依赖于考试的生存方式，除了需要"豁出命来努力"以外，往往其他因素也不可或缺。比如运气，敏锐的眼光及品味。那是个比拼考试成绩更残酷数倍的世界（仅出于我个人的猜想，没有真正尝试过，事实如何不得而知）。

　　假如能有一门手艺，"哪怕竞争残酷，也誓要靠这个谋条生路！"真可谓超级幸运。我深深羡慕这样的人。像他们那样度过一生，需要有相当的决心和精神准备。但如果你能拿出这份觉悟，不把时间浪费在读书考试上，或许也挺好。

不过,像我这样没什么特殊才能的普通人,至少还有"努力考上一所好大学"这条选项。它能拓宽我的世界,不失为快速、稳妥、收效最好的路径之一。刻苦读书,考入一所门槛极高的名校,有什么好处呢? 你获得的机遇与经验值,将以悬殊的倍数增长。比起不做努力、散漫地度过一生,你会幸运地拥有更多机会,为你带来各种良性刺激,由此所处的世界也将不断扩展。同时,打交道的人、获取的经验,质量也大大不同。

况且,近年来日本大学考试的可选项也日渐增多。只要充分了解自身的特性,即可选取适合自己的方法与路径,入读高等学府的可能性将大大提升。

对自己的出路做出决策,实际是为自己选择理想的发展环境。让自己置身于怎样的环境,往往关系到未来与怎样的伴侣共度一生,包括居住的房子、驾驶的车子,或许也将随之而不同。

千万莫要小看如何选取出路。对身边的大人言听计从,随随便便做决策,回头将后悔莫及。

将来想成为怎样的大人,包括读不读大学等,所有的人生决策,都该自己认真思考后再下判断。不必每一步都计划得清清楚楚,有个笼统的想法也可以,但一定要自己好好考虑之后再拿主意。否则,失败的时候就会怪罪他人,要么嫉妒那些看起来更成功的人,酸溜溜地说:"那小子纯粹是老天爷赏饭吃而已。"变得面目可憎、猥琐无比。人生是自己的,全部由自己说了算才好。

亲子的相处模式

　　获得"垫底辣妹"的称号以后,我有机会接触了更多的家长与孩子。不管是爸爸、妈妈,还是孩子、老师,大家都有一堆烦恼。父母为子女闹心,子女为父母困扰,人人都为谁忧虑着,愁苦着,哭泣着。然而,这所有的情绪背后,也隐藏着爱。尽管表现形式各不相同,也难于获得他人的理解,但自有其人自身的爱的逻辑。

　　我明白,并非世上每一位母亲,都像我的妈妈。即便我自己,也没有信心立刻成长为妈妈那样的母亲。好多学生会羡慕我:"沙耶加真幸运啊,这辈子遇到那么棒的妈妈,我就没这份福气。"可是,我们每个小孩都是在天上自己挑选了父母,才降生到世间的。不管自己的爸爸妈妈有怎样的问题,小孩都深爱着他们,觉得他们胜过天下所有人的父母。

　　某天,我收到了一位女孩的邮件。

　　"谢谢前阵子您在我们学校的演讲,让我产生了深深的共鸣,感动得心潮澎湃。有件事,我想问问您的意见。我的母亲,每次我跟她讲话,她要么塞上耳机,要么把电视机的音量调大,完全无视我的存在。尽管如此,我还是想方设法和她搞好关系,比如做好晚饭请她一起吃,总之我自觉付出了不少努力。可是,哪怕我做得再多,她也从不拿正眼瞧我。我忍受不了这份冷落,前几天跑到爷爷家去,开始独立生活,想忘记自己也有母亲。我明明努力想忘掉她,可前几天听了您的演讲,才发现自己还是不死心,总期待能和母亲亲密相处。我该怎么办才好呢?"

读完此信,我不知该对女孩说些什么。那之后,我和她又通了好多封邮件。你父亲呢?有兄弟姐妹吗?后来和母亲还有联络吗?这样一来一往之间,我对她的了解渐渐多了起来,但仍是不知道该如何给她出谋划策。老实讲,我是真心不明白。在我的人生里,从没有这样的经验。像我这种一无所知的人,提的建议对她来说果真有意义吗?为此,我烦恼不已。

亲子间的相处,有各种各样的形式。但不管形式如何,其中必有那个人的爱意存在,我对此深信不疑。所以只能劝告女孩:"要多多信任自己的母亲。此时此刻,不必勉强她面对你,不必再给自己制造更多伤害。今后,你和母亲一定会以某种更好的形式相见,那一天必将到来。为了那个日子,当下你只需走好自己的人生路,亲手搭建一个属于自己的世界。等再见面的时候,你会比今日的自己更闪耀、更精彩,足以昂首挺胸坦然无惧地与她交谈。届时,她也一定会成长为有能力、有耐心倾听你谈话的母亲。抱着信心好好去努力吧!"

"明白了,我会加油的!"女孩的回信写满了可爱的绘文字,看起来明朗了不少。她的乐观坚强,又一次触痛了我的心。"为了遇到能为你充当榜样的大人,请尽情去结识、结交更多的朋友吧! 他们必会使你获得成长。"

此外，前几天我还收到了这样一封邮件。"和沙耶加老师交流之后，我有个想法，将来想当一名幼儿园的保育员，假如能尽到一点微薄之力，帮助他人拥有更幸福的家庭，那可太快乐了。所以，现在我正努力啃书本，准备拿下资格考试！"

不论家长，还是学生，我收到了许许多多来自他们本人的坦率心声。每一次，都让我对"亲子关系"产生更多的思考。世间有太多事，在我认知的盲区，也没有途径去得知，因此难以做到完全与对方共情。不过，渐渐地，我开始觉得，我的意见倘若能给深处烦恼之中，或为亲子问题所困扰的人带去一点点希望，那么，我甘愿为之。哪怕无法直接见到每一位写信求助的人，垫底辣妹，也是为他们而生。

作为曾经的差等生，假如当初不曾遇见坪田老师，我大概一辈子都会逃避学习新事物，过着浑浑噩噩的日子。正是有妈妈的悉心养育，且遇到了能唤起我内心热情的大人，我才得以见识到更为广阔的世界，并认识到活着这件事，全凭自己的愿意，就可以过得快乐又逍遥。

我希望把妈妈赐予我的，坪田老师教会我的，在婚姻中从前任丈夫那里学到的，分享给更多人，哪怕多一位受益者也好。太多人共同造就了今日的我。有太多的邂逅，太多从过往经历中领悟的心得……我希望这些个人经验，统统能对后辈的未来有所助益。

邂逅了坪田老师我才发现："啊！原来这样也可以。"人生的边界因此而拓宽。对身边没有这类启蒙导师的孩子来说，本书若能略微起到一些启迪作用，我会非常幸福。无论演讲会，或者此书，不过是为大家提供一点改变人生的小小契机。别看它不起眼，但总比遇不到可强多了。

白金愿望卡

"假设神明降临在你面前,赐给你一张银光闪闪的白金愿望卡,只要把你希望做的事填写在上面,不管你实力够不够,或身处在怎样的环境,神明都会帮助你实现心愿。拿到这张卡片的你,会在上面写什么?"这段话,是我那一门心思打棒球的弟弟,放弃了棒球事业的时候,坪田老师在深夜的连锁餐馆 Dennys 里,对他提出的问题。

弟弟过往的人生里,除了棒球只有棒球。从他刚懂事的时候起,直到这一刻,可以说,棒球是他走过的唯一道路。而放弃棒球,我猜是需要巨大勇气的,对当时的他来说,一旦丢开,他将两手空空、一无所有。

而对老师的问题,弟弟当时是这样回答的:"一条也没有。"找不出一件想要写在卡片上的愿望。他垂着头怄哭:"反正我这种人,写什么也白搭,根本就是个废物。"

闻言我一阵心痛。如今想来,弟弟当时的自我价值感一定太低,才会说出这样破罐破摔的话。不是跟随自身的愿望,而是持续遵照他人的意志去做一件事会有怎样的下场,在他身上体现得淋漓尽致。

足足等了两个小时,弟弟并不肯改口,坚持"一件也没有",坪田老师开口道:"没关系,花多少年都可以,你一定会凭自己的力量找到想要写在这张卡片上的愿望。"

那之后,15个年头过去,弟弟在这期间转换了多种工作,也曾遭到伙伴的背叛而深受伤害,渐渐懂得了什么样的人才是真朋友,脸上的笑容也一点点增多,神情越来越开朗自信。他身上的变化,连我这个身在异地的姐姐,都能远远感受到。

他在23岁那年,有了自己的小孩,四年后又生了次子。如今有一个四口之家。起初,他对育儿一窍不通,工作上也吃了不少苦头,但在家人的支持下,弟弟一步步成长为合格的大人。

"换作如今,你会在那张心愿卡上写什么呢?"前几天,我又问他。

弟弟笑呵呵地说:"我啊,想成为一名足以超越老爸的经营者。从前,我一直对他暗暗怀着恨意。有段时期,甚至认为是他毁掉了我的人生。不过,如今老爸成了我引以为傲的榜样,因为我意识到,很少会有人像他那样,甘愿为他人的幸福而竭尽全力。我这人脑子不咋好,汉字识得不多,算账也慢,有太多不了解的东西,但对他人的喜爱,一点也不输给老爸。所以,为了能让老爸安心退休,我要成为一名毫不逊色的优秀经营者,把他的公司好好继承下来,做出点漂亮的成绩给大家看。况且呢,我依然是被老爸表扬的时候,才最快乐。"不知不觉间,弟弟有了巨大的成长,远远超出了我们的预期。

如今,他时不时会兴冲冲地来找我唠嗑,"老姐,我想读哪本哪本书,你觉得怎么样?""今天店里出了这么一件事……"等等,说话时眼神熠熠放光,和当年那个写不出一条愿望的他,简直判若两人。

妈妈常含泪说,这要感谢曾是"前任辣妹"的弟妹,总会依偎在他身边,肯定他,赞美他,尊敬他,爱他,夸他是"我们家的顶梁柱",以及坚信"我家爸爸是超人"的两个小宝贝,唤醒了弟弟的自我价值感。

我相信,弟弟定会成为优秀的经营者。因为,他深深懂得那些失去自信的人、内心脆弱的人有怎样的心情。而且,得到了他人许多关照的人,不会忘记所受的恩典,会拥有一颗感恩之心。

故意为之的伤害,是罪恶的。但并非出于本心,结果却给他人添了麻烦,这种情况很多时候在所难免。只要好好铭记自己的失误,那么年轻时犯下的过错,也算有了点小小的价值。况且,迷途知返,走上自新之路的人,将来或许反而会成为更出色、更顶天立地的人,正如我的弟弟。

至于我家的小妹,目前正在某外资公司干得意气风发、生气勃勃。大学毕业后,她进入一家大型航空公司,只干了四个月便离职了。"净是些毫无意义的破规定,无聊透顶。每个人都在搬弄是非,说同事的坏话,我可受不了。"就这样,她异常随意地辞去了人人称羡的工作。

那之后,小妹在家啃老了半年,接着偶然一个堪称奇迹的机会,她撞上了这家最投缘的公司,一直工作至今。"老姐,如今每天发生的开心事,换成之前的旧公司,压根想都不敢想。晨会上大家会一边喝着咖啡,吃着早餐,一边谈工作哦。写字间也装修得酷酷的,超有风格,打交道的客户全都是行业精英,在这样的环境里上班,简直像梦一样!薪水也比之前高多了,最开心的还要属和一帮志趣相投的伙伴共事,我这人运气可真不错!"凭着高中三年海外留学培养的英语能力,和不输于她老姐的沟通力,妹妹每天都在不断拓展自身的世界。

昔日,我们一家人曾被朋友质疑,"是不是遭了上天的诅咒?"如今,每个成员都获得了巨大的成长,彼此互敬互爱,甚至得到了大家的羡慕,"你们一家人可真亲哪!"

家人,彼此间由于太过亲近,尤其在年轻时,很难明白对方的可贵。我的老爸,从小生长在全是兄弟的家庭里,对待女性的方式实在蹩脚。对妈妈,对我,总难做到温柔且有耐心地相处,唯有对最小的妹妹,却极尽宠溺。

而如今,我在工作上或私人生活中有了什么烦恼,总会给老爸打电话倾诉。当年我离婚时,老爸是这样劝慰的:"你们二人,今后分头向着各自坚信的方向努力生活就好。沙耶加能自由自在地做你自己就好。爸爸一直是把他当儿子看待的哟。你们结为夫妇的这段日子,毫无疑问,是彼此人生中最美好的经历。今后,你们二人请尽情地各自闪耀吧!"当时听完这番话,我感觉胸中的郁结一扫而空。老爸果然是我家的超级英雄,比任何人都值得信赖,总能在关键时刻这样拯救我一把。

并且,我这种"超级喜欢和人打交道!"的性格,毫无疑问,也是继承于他。对素来乐于助人的老爸,从前我厌烦透顶,认为他"对家里人恶声恶气,就喜欢在外面充好人!"但如今,他却成了我引以为豪的存在。"这是我最得意的好太太",望着在熟人面前夸耀妈妈的他,我不禁感慨，"有家人真好！"

　　一家人能够这样共同成长，是件美好的事，这是我从自己家人身上明白的道理。假如结婚之日是一个家庭的诞辰，那么一年长大一岁，两年便是两岁，十年后则是十岁，三十年后这个家庭也拥有了三十而立的成熟。不管夫妇，还是家人，起初都像学步的婴儿，走得跌跌撞撞、东倒西歪也是理所当然。只要能不畏失败，一步步越走越稳就行。所谓家庭的成长，正是这样一个蹒跚向前的过程。

教育缔造未来

我的妈妈,每天都会说:"沙耶加是麻麻珍爱的宝贝哦。"在她口中,我就是"麻麻活着的意义"。养育孩子的经历,想必非常非常幸福,宝贵到无法被任何事物取代,在人生中占据巨大的比重。有时望着自己的妈妈,我总会想,莫非有些什么自己尚未领略的情感,必须通过养育小孩才能体验?

妈妈经常说:"如果一个人爱自己的孩子,那么他就该爱全世界的孩子。"只要自家孩子过得幸福就够了,这种观念是错误的。身为父母,自己总会比子女更早离世。为了在自己撒手而去之后,子女也能幸福地生活,得到许多人的关爱与帮助,我们应当珍视世间所有的孩子,以及他们父母。即使彼此间没有血缘的关联,我们也该为所有孩子的未来着想,这点至关重要。

我目前还没有当过谁的父母,本身既不是小孩,也不是老师。但正因如此,我感到自己有许多值得分享给大家的心得,有许多希望大家听一听的道理。

作为一名教育从业者,我希望能为孩子们的未来贡献自己的力量。培养和教育孩子,正是在缔造未来。而学校,是缔造未来的场所。家庭、学校、社会三者携起手来，共同参与孩子的教育，那该是多么快乐的图景！

"孩子的教育，纯粹是家长的责任。"这种话纯属胡扯，也根本难以操作。全社会一起参与才好，比完全甩手给家长，效果好一百倍。这不是倡导谁向谁推卸责任，也不是彻底依赖于某一方，这种合作可以使孩子拥有更多的人生导师，父母也能更充分地享受自己的人生。望着大人们快乐、自在的身影，孩子们也能尽情寻找形形色色的兴趣爱好，在其中学习提升，靠自己的双脚，走属于自己的人生路，奔向更广阔明亮的世界。能够拥有这种成长环境的孩子，实在是超级幸福啊！我总在心里如此幻想。

垫底辣妹的故事，不是什么奇迹。是妈妈花费了长久的时间，为我的成长配制了松软且充满养分的土壤，即自我价值感。而邂逅坪田先生，这个让我找到兴趣与热爱的大人，又为我播下了自由生长的种子。

具备了以上条件，我才生根发芽，开出了硕大的花朵。

我想告诉大家，不是因为我本身脑子聪明，才考上了好大学，是周遭的环境，赋予了我向上生长的力量。

环境可以凭我们自身的意愿去挑选，定制。即使现在身边没有这样的环境，我们也可以自主获取。要知道，拥有什么样的人生，全凭自己说了算。

希望此书的读者，皆能够拥有一点勇气与行动力，有幸被爱护，被关照，获得更多人的支援及帮助。

所谓"生命力"，究竟是什么？我原本对此毫无概念。教我懂得它真正含义的每一位恩人，在此，我向各位衷心表示感谢。

最后的寄语:来自 30 岁的我(2019－3)

首先,我要向每位来到这一章的读者,表示全心全意的感谢。谢谢你们!

我想,每个人都有属于自己的价值观与生长环境,因而想法、感受也各不相同。原本,我打算写一本不会伤害任何人的书,并带着这样的初衷开始下笔。然而,抱歉的是,许多读了此书的人或许却感到心中刺痛,或阵阵酸楚。有的人,说不定还会勃然大怒。

有些少男少女甚至会说,"不是人人都像沙耶加你这样,能够勇往直前,积极生活!"我也明白,许多孩子正在极为困苦的环境下挣扎求生,他们有多艰难,我根本无从想象。

不过,即使如此我仍要说,请不要放弃自己的人生。不管多么痛苦,哪怕每日流着眼泪恨恨道:"为什么不幸的总是我!"也可以凭着自身的力量,改变人生的惨淡处境。

我周围也有许多人,尽管在十分艰难的环境下出生、成长,却也骂骂咧咧地努力着,豁出命地挣扎着,向上攀爬着,最终脱离了谷底。每个人都说,正因有那样的逆境,那份苦苦求生的经验和难以言喻的痛苦感受,他们才有了今日的成功。我总感慨,在这样的人面前,真是自愧弗如。他们身上的生命能量,实在太坚韧、太顽强。而且愈是这样的人,明明那么坚定有力,心地却愈是极其温柔。

生存的环境虽因人而异,但我们都有靠自我的意志可以驱动的身体,以及进行思考的头脑。如何去使用它们,往往左右着我们的人生。

把自己的不幸归咎于他人,怪父母、怪老师、怪环境,固然简单,但从谷底爬起来,拼命向上走,勇于开拓人生的人,其实也不在少数。

烦恼这东西,人人都有。而挫折,在不久的将来必定会成为刺激你成长的、不可或缺的重要经验。愈是伤痕累累,一次次痛哭的人,愈是有与之匹配的坚强与温柔。所以,放心吧。你们终会成为被谁所看重和倚仗的、独当一面的勇敢大人。毕竟是属于自己的人生嘛,请千万不要妥协,把它变成最精彩纷呈的一趟旅程吧!正是带着这份祝愿,我写下了这本书。

祈祷世间有更多的孩子获得幸福,哪怕多一个也好——这,便是今日的我为之努力的梦想。为此,我渴盼有一天自己也能体会为人之母的滋味,学校教育能变得更成熟、灵活、富有成效,有更多的父母在育儿过程中能发自内心地微笑。不过,我个人的力量终究是有限的。从前我总自信,"没有辣妹我办不到的事情!"但随着逐渐长大成人,被自身的无力感击溃的次数却越来越多。

不过,正因如此,我今后更要持续不断地学习。不再是当年死记硬背课本那么简单,而是对自己、家人、未来、朋友、社会等形形色色的命题,保持每日思考的习惯,不放弃拓宽自身认知及生活的边界。

为了寻找问题的改良方案去烦恼,依照自己的想法去试错,失败后去消沉失落,而后打起精神重新思考,再继续试错……听起来也许兜兜转转,特别绕远,但这正是持续学习的必经之路。

这样的人生,将获得许多人的支持。倘若你能明白这一点,就不会感到孤独,也会意识到,这才是活着最精彩的方式。

出了校门,就再也不用学习了,这是骗人的谎言,纯属笑话。真正高难度的学习,自此才刚刚开始,并且没有答案。既然没有,就要靠你自己去寻找。不过,单凭自身的力量,往往费尽艰辛也摸索不到。所以,你需要求助于各种各样的人,从他们那里学到各种各样的知识与经验,最后才能带着几分不确定,找到那个正解,半信半疑地说:"大概是这样吧?"只有经历过这一过程的人,才能真正成长和生存下去。

通过撰写这本书,我再次深刻感悟到了这一点。我从坪田老师、朋友、导师,以及前夫、家人那里受教良多。所获感悟,尽数放在了这本书中。希望我过往人生里的经验与心得,能作为一点"解题思路",被读者朋友们捡起,活用在自己的人生当中。

亲爱的学弟学妹,请记住,你是一个天才。就算你觉得自己学习方面不在行,缺乏运动细胞,脑子反应太迟钝,不善与人交流……也要相信,大家一个不落,人人都是天才。不去寻找发挥你独特能力的领域,实际尝试一番,就不会明白自己有无限可能性!请尽情投入感兴趣的事物中去吧,经历一次又一次失败,再收获小小的成功,不断重复着这一过程,活出波澜壮阔的一生,足以使你自豪地宣称:"我的人生真美好!"

为了使更多孩子能够眼神闪闪发亮,满怀热情与好奇地去生活,你们也要变成闪闪发光的大人哦。没问题,你们一定会的。

我衷心祈愿,每一位读者朋友,皆能被无尽的快乐所环绕。

距离以上各章写作成书,已过去了四载岁月。如今重读旧稿,与早前的自己重新打个照面,我才发现身上有些部分丝毫未改,也有些部分却早已发生了巨变。而我微笑着,将这种变化视为成长的必然,欣然接受下来(依然要保持乐观)。从接下来的篇章,我将写一写前作《纵身一跃:垫底辣妹自传》中没有提及的经历,即我如何开启新的挑战,进入美国哥伦比亚大学教育学院深造的故事。在这四年里,又发生了不少待我人生即将画上句点时,会在我脑海中回放的重要邂逅与大事件。但愿读者朋友也能对我的变化欣然一笑,接着读下去,那我将非常开心。

第 6 章

我 所 领 悟 的 "学 习 的 意 义"

我单纯只是幸运

某天,我收到了这样一封邮件。

"沙耶加,你真的好幸运!有个无条件信任自己的好妈妈,还有坪田老师这样的贵人。而我呢,没有任何人肯相信我。请记住,这个世界上还有无数个有心努力却使不上力的人。"

垫底辣妹,即过去的那个我,究竟为什么能做到那么努力呢?当年我曾一边巡回演讲,望着观众席上因缺乏自信而困扰的学弟学妹,一边反复思考这个问题。

很多人会说,"还不是她脑子本来就灵光!"但光凭这条理由,很难给我的种种经历做出一个完满的解释。

就算如此吧,假设我真是个脑子特别聪明的人,可如果妈妈对曾是垫底辣妹的我没有彻底的信任,不曾鼓励我、支持我说,"沙耶加有能力做任何想做的事!"而坪田老师,也不曾教会我正确的用力方法,甘心充当陪跑的教练……那么,肯定不会有今日的我。我想,自己依然会浑浑噩噩,很难脱离那种颓废的生活。

如今,至少有一件事,我敢自信地向诸位宣称:我之所以能向前踏出一步,在很长一段时期里,誓死不休地疯狂努力,最终达成极高的目标,是因为有"愿意相信我的人",同时也有"我所憧憬的人生模板",让我希望成为他那样的人。他们的存在,比单纯脑子聪明更不可或缺,使我不放弃自己的人生可能,勇于踏出一步,去挑战未知的事物。

不过,以往我和学弟学妹对话之后,留意到一个重要的事实,他们当中的多数人,背后都没有这样的支持者,周围的大人总会朝他们泼冷水:"反正也是无用功,算了吧。""你脑子笨,不行的!"于是他们信以为真,设起了高高的心防,坚称"我根本做不到!"仿佛被施加了强烈的诅咒。对这样的学弟学妹,想去改变他们的想法,通常很难。

与此同时,听了我的演讲,也有不少孩子跃跃欲试地说:"我也要努力试试看!"只可惜回到家里,把自己的想法告诉家长,"我要努力读书,挑战更高一级的志愿学校!"得到的却是家长的打击,"别做梦了,睁开眼看看现实!"这样的吐槽邮件,也挤满了我的邮箱。

明明是孩子自己的人生,孩子本人的愿望,可大人毫无根据地横加阻拦,压缩了他们人生发展的可能性,这样做究竟有谁会从中得益? 谁又会因此获得幸福? 不过挑战一下而已,到底能背负多巨大的风险? 就算结果不合格,未能达成目标,向着梦想努力的过程以及伴随而来的巨大成长,本身就有放手一试的价值,应当得到家长的认可和赞许,不是吗? 假如这个世界不允许做梦,不批准孩子找寻兴趣与热爱,我也不会走到今天,获得如今的成果。

失败了也不要紧。必然有从中领悟的东西。而这些领悟,必将通向未来的成功,这就够了。在这样的循环往复中,一个人的世界确实越来越宽广。在我的成长环境里，有不断如此激励我，放手让我去尝试挑战的妈妈，也有幸遇到了坪田老师那样，擅长激发学生潜能的内行。然而，这对很多人来说，却并非自然而然可以享受的条件。我纯粹只是幸运而已。

今天，日本的孩子们最为需要的并不是填鸭式地灌输各种知识，或早早便开始接受英语教育。比起这些，更为首要的难道不是"拥有愿意相信他们的人"，遇到懂得正确提供支持的大人吗？四年来，我对这一点感受越来越强烈。

在改变学弟学妹的心灵之前，先要改变他们身边的大人。但结果是，我发觉，无论自己卖力地呼吁什么，呐喊得有多大声，终究没有彻底扭转他们人生的超级力量。他们面临重大挑战时，需要的不是我的说教，而是来自周围的理解，以及实际有效的支持。

这，正是我报考研究生院的动机。不是作为"垫底辣妹的原型人物"，而是一个教育研究者，将自身的幸运，分享给不受环境所惠的孩子们。我不愿继续坐视，家长和老师打着"为你好"的旗号，联手给孩子的人生可能性封上盖子。曾是垫底辣妹的我，希望把昔日的我取得成功的道理，科学地证明给大家看，以此去改变孩子周围的大人。

关键人物是"教师"

就这样,2019 年 4 月,我考入了圣心女子大学研究生院。选择这所高校的理由,是日本极为稀少的"学习科学"的研究者益川弘如教授,在此任教。

在札幌新阳高中实习获得的经验,使我观察到学校教师的影响力如何不可估量,产生了"改变孩子周围的大人"的念头。归根结底,教师才是教育场域里的关键人物。就算得不到家长的信任,只要能在学校里找到一个愿意相信自己的老师,孩子或许就会往前迈出一步。而且,每位老师负责的学生人数越多,每年就会有更多的孩子得到支持。只要有一位学校的老师,愿意成为有效激发学生干劲和能力的人,就会给许多孩子的未来带来巨大深远的影响力。

反之亦然。"我是商业高中的一名在校生,看了垫底辣妹的故事,萌生了'我要报考早稻田!'的念头。但是,我把自己的想法告诉指导老师后,却被劝告'风险太大,还是算了吧'。以商业高中为起点,想要挑战早稻田,真的太冒险了吗?"我常收到类似的询问。悲哀的是,老师也是为学生考虑,"纯属为你好!"才说这种话。老师的言论,往往比他自身所意识到的,更深刻左右着学生的人生。

至于"学习科学",简单来说,探讨的是"人如何变得更智慧?""具备怎样的环境,才能有更强的学习欲望?"宽泛来说,是一门属于心理学范畴的学科。目的是通过理解人类的认知(心理)构造,去提升学习者的学习质量。

顺便一提,坪田老师大学时代,据说修的是心理学与哲学专业。因此,对于说什么话,提供怎样的支持,才能使学习者保持积极的意愿和高涨的热情,坪田老师从科学角度有深刻的认知。再强调一遍,他并不教授我学习内容,而是指导我学习的方法,同时为了避免我兴趣下滑,时常给予语言激励,帮助我管理学习日程。他不是传统意义的 teacher(教师),而是发挥着 coach(教练)的作用。

在以"教育水平发达"而著称的芬兰,学校教师们会以"学习科学"为基础中的基础,在这个领域进行专业的培训。评判成绩的方法、课程的设计等,也全部依照本学科的科学理论来设置。

在我看来,比起"更通俗易懂地对学生进行授课的技巧","唤起学习者本人参与意愿的技巧",其实远远重要得多。因为我们每个人,即使没有老师授课,也具备自主学习的能力。我认为,为了使日本的教师能够多给学生一些信任与支持,首先让教师们理解这套心理运作机制,或许更有效果!

学校改革,即"教师理念的更新"

　　益川教授对此也提出了他的方案,争取到了涩谷区某公立初中的协助,准备开启为期一年半的合作研究项目。"假若教师们能深入理解'学习'的机制,改变自身的陈旧思考,学生就一定会变得更加积极好学! 就像过去的我一样!"我带着这套理念,作为一名研究员,与这所中学打起了交道。

　　这项研究,首先围绕已经探明的"人类学习机制",对全体老师进行基础培训。接下来,再向老师们介绍一种探索型授课模式,名曰"知识构成型相互教学法①"。"老师! 由我们研究者充当后援顾问,大家一起来优化课堂教学以及学生们吸收知识的方式吧!!"我无比热切地向大家推销这套理论。

　　然而,却没有哪位老师站出来表示,"来! 我们试试吧!"原本期待大家能像过节一样热热闹闹,踊跃响应,"沙耶加! 那就干起来

---

① 相互教学法:是根据不同的课题,将学生分为数个小组,每组分别承担一定的资料查询、搜集、整理的任务,分头调研和学习之后,再向其他小组的成员讲解自己掌握的知识,彼此讨论,相互交流,以此来提高学生的积极性,培养其自主学习及团队协作的能力。

吧!"可见状,我泄了气。此时,鸦雀无声的教室里,忽然有位老师开了腔,"你讲的这些大家都明白,只是,本校的孩子基础太薄弱,我估计没法胜任难度这么大的方式……"

正当我垂头丧气地走出教室时,一位年轻的男老师搭话道:"我想试一试。虽说大家都持批评意见,但我觉得不试试看的话,不会知道结果到底会怎样。"

就这样,在接下来的一年半里,我和这位老师开启了"两人三脚"模式,彼此支持着,配合着,展开了改造孩子们学习方法的尝试。

觉醒的教室

在此之前,为了便于学生理解,老师会在黑板上边板书,边讲解,而学生们会把重点抄写到个人的笔记上——这是过去的授课形式,我在学生时代,曾称之为"催眠大法"。而老师以事先备好课的内容和资料为基础,让学生相互之间展开对话与讨论,这样的学习,叫作探索型授课模式。实施后,学生们的变化可谓立竿见影。

有了新体验的孩子们纷纷表示,"还是这样上课更有趣,也更好懂!""这样更容易记得住!"老师也感动地说:"头一回看到学生们上课时这么兴奋!"平时一上课就打瞌睡的孩子,在学习手册上写道:"源氏家族开始得势了,有意思! 下一个得势的不知道会是谁,小小期待一把! 历史课真好玩!"(他所说的"得势",是指掌握权力的人势力崛起。)

"我现在希望拥有强大的沟通力。"(我猜他想说的其实是"表达力")"我想更多地了解他人的想法。"在课后的采访中,许多孩子兴奋地表示。就这样,仅仅是改变了课堂上的学习方式,学生们便仿佛被重置了大脑程序,对学习的态度也发生了显著变化,使我再度确认了这项研究的意义。

与此同时,学生们的变化也勾起了其他老师的兴趣。渐渐地,越来越多的老师开始跑来听课观摩,并且各个科目的老师也加入了挑战,表示"我也想试试看"。(干得漂亮!)

在此,我只是粗略记录了一下当时的情形,实际上取得这样的进展足足花了我们一年时间。隔三岔五对学生进行一下问卷调查和课后采访,我深切感受到探索型授课模式的无尽可能性,同时,也听到一些学生反馈说,"新方式尽管有趣,但摸不清考试会怎么出题,希望能恢复从前的形式"。后来由于疫情暴发,无法继续进行探索型授课,无论我和老师都烦恼不已,暂停过一阵子课堂实践,想方设法把研究坚持了下来。

不过,要说过程中最为关键的一点,那便是"老师们积极主动配合学习的态度"。听起来有点居高临下,但我确实认为这点至关重要。

在日本的教育领域,对各种教学课题感受最为强烈,最希望设法做些改变的,毫无疑问还要数现场从事教学的老师。每天他们与大量学生近距离打交道,深切体会到"这样下去真的不行,必须有所改变!"然而,教育现场却被历史因素、文化因素以及从过去沿袭而来的旧机制、旧构造,彼此盘根错节地顽固占领,日本教育领域存在太多根深蒂固的壁垒。我通过研究项目,对此深有感触。"让老师们学习",实在是件难上加难的事。

不过,像我这种研究界的"垫底小辈",厚着脸皮多管闲事的结果,是老师们终于向前迈出了一步(这需要相当的勇气)。"哦? 学生

205

们好像有点改变嘛。""咦？那孩子对历史一向没什么兴趣嘛，怎么谈起圣德太子那么兴致勃勃，还挺有想法呢。怎么回事，想不到大家还挺热爱思考，也挺能积极主动地发言啊……"老师们从此开始留意到学生身上一向被忽略的潜能。如此一来，也逐渐理解到，"真正的学习，原来是这么回事啊!"慢慢明白了如何去调动和激活学生身上蛰伏的力量。

这样的实践，也增强了教师本人的自信，唤起了他们进一步深入探索的意愿。"我想找个能共同学习、共同研究课程设计的伙伴。"提出这种愿望的老师，到后来甚至与外校的老师们合作，自主筹办了相关的学习研讨会。以一位老师为圆心形成的"变化的涟漪"，最终超越了学校的边界，逐渐向外扩散开去。

就这样，老师们的变化，也瞬间改变了无数的学生。即使这项研究结束了，只要师生们持续进行这样的互动，变化也不会随之终止。

身为"教师"的这个群体，决定着日本未来的走向，这么讲可绝非言过其实(真的毫不夸张!)，他们是举足轻重的人物。

不学习的大人，和有样学样的孩子

　　项目过程中进行的问卷调查，有这么一问，"你盼望成为大人吗?"结果，40%的学生回答"是"，30%回答"不"，其余则回答"都行，无所谓"。哦，这个反应比想象中乐观嘛，毕竟答"是"的孩子比例最多。我刚刚松了口气，可瞬间这份期待就被击得粉碎。

　　在下面的"自由意见"栏里，看到大家选"不"的理由，基本是"看起来很辛苦""好像特多麻烦事""一点也不好玩"，一条接一条，净是些灰暗负面、令人遗憾的表述。但最使我震惊的，还要属选"是"的理由，当真有大把大把的学生回答，"因为大人用不着学习"。

　　这……问题就严重了。成天唠里唠叨，逼孩子"赶紧学习去!"的大人，貌似自己根本什么也不学嘛。年轻的小朋友，早已看穿了这一切。让他们产生"当了大人似乎再也用不着学习"这种认知的，并非别人，正是我们这些大人。

　　许多老师家长，像念紧箍咒似的，总把"赶紧学习去，我这是为你好"挂在嘴边。可这么做意义何在呢? 理由太过模糊，我一直不太理解。最近，我同龄人的小孩似乎都已慢慢长大，有些甚至已经上了小学。有时上 Instagram(社交软件，简称 ins)读读帖子，会刷到不少抱怨之声,这让我意识到:"看来大家都在为育儿烦恼嘛,似乎挺辛苦。"

我中学时期的一位朋友,在 ins 上发了条日记,抒发对上小学的儿子的无奈之情,"今天又发火了……怎么才能让小孩听话好好学习呢……"我好奇地找她聊了聊,因为我清楚记得,当年她上学那会儿,明明也对学习避之不及。

"为什么希望孩子用功学习呢?"我问。

"这个嘛,毕竟就是说,用功学习总归有好处吧?"她说。

哦……理由依旧稀里糊涂。

"可咱们当年也没多用功啊?"我又问。

"哎呀,话是这么说,可还是会希望自己的小孩能认真念书嘛。"她答。

这就怪了。说到底,这究竟属于怎样一种现象呢? 我陷入了深思。为何好多家长,明明自己对学习厌恶至极,从不主动做功课,却非要强迫孩子刻苦读书呢?

长大成人后才明白学习的意义

讽刺的是,许多人在长大成人后,才终于体会到了学习的意义。"惨咯,当初要是多念点书就好了。"基本上每位成人都有过这种念头。随着年龄的增长,不单是个子长高了,眼界也逐渐提升,视野随之而开阔,视角也越来越丰富。因此也终于意识到,学校里教授的东西,与我们的实际生活有千丝万缕的联系。

"从前我以为,数学这玩意儿,在我的人生里一点意义也没有。如今才发觉,数学好的人能在许多领域里大展拳脚。""从前我以为,日本史、世界史之类的科目全靠死记硬背,现在知道了,想理解眼下的新闻时事,没点历史知识根本不行……"大人们总是在哀叹,"唉……要是早明白这个道理该多好!"

就这样,几代人延续着"哎呀,当初多用点功就好了!"的模式,长大成人后才追悔莫及(包括在此大言不惭的我,也是其中一员)。

难以送达的爱意

打个比方,就算是大人有时也会觉得,"这种毫无意义的会议到底要花掉老子多少时间? 别逗了行不!"抱着这样的想法出席会议,肯定也发挥不出应有的水平,去完成一场漂亮的项目提案。我们人类的心理构造,本来就不支持为一件"坚信其毫无意义的事"耗费工夫。

那么,跟孩子换位思考一下怎么样? 假如你是个成人,麻烦回想一下自己小时候,当学生那会儿是什么感受。"我都是为你好,赶紧学习去!"假如爸妈这样唠叨你,你又会怎么想? "哇! 妈妈肯为我苦口婆心说这些,真是太贴心了! 我要好好学! 嗯嗯"恐怕你不会开心地哼着小曲这样讲吧? "三角函数? 织田信长? 这些东西跟我的人生有个毛线关系? 记住它们又能怎样?"曾经压不住心头的暗火愤愤这样想过的人,哪怕只有一次,也请老老实实承认好了。即便是整天追在孩子屁股后面,逼他们"赶紧学习去!"的大人,也都是一条道上的过来人。

不过,父母们这样唠叨并非出于恶意,这点孩子恐怕心里也清楚。父母的理由通常是,爱之深责之切,因为太希望孩子获得幸福。

当中还有些父母会辩解说："不希望小孩将来像自己一样吃后悔药……"在这种迫切要"为你好"的愿望驱使下，才拼了命地逼着、撵着孩子去学习。

然而，遗憾的是，这份苦心与好意往往难以送达。从旁将一切看在眼底的我，始终在思考，该如何避免这样一厢情愿的"爱的输出"，并最终站在我个人角度得出了结论。

话说，人到底干吗要学习？

我一直有个想法，即"人不是为了自己而学习"。毕竟，如果只是自己一个人活着，那些复杂难懂的数学或化学公式，过去年代大大小小的法律条文，早已死去的武士当年如何南征北战……这一类的知识，根本不是非掌握不可，多少人不懂这些也活得好好的。

不过，假如有一天我打算生个孩子，这个小婴儿降生世间，没有任何独立生存的能力，连给自己擦屁股都办不到，靠自己的力量根本饭也吃不到嘴里，没法自己穿衣服，更不会走路，大事小情全部需要周围的大人代劳，否则就活不下去。换句话说，如果我不具备经济能力、社会常识以及生存本领，就无法守护我的小孩，也养不活他。

再加上，做父母的人总喜欢想象，"自己的心肝宝贝，必须舍了命地去保护才行啊！"将来，不仅限于孩子，假如我自己有了纵使拿生命去交换也甘愿守护的东西，首先，能使我护他周全的能力基础，便是"生存智慧"。而为了获取这种智慧，"学习"才是唯一的办法，不是吗？

所以，说来说去，我认为学习不是为了自己，而是为了某个重要的守护对象。

在学校里，我们掌握了各种名为"知识"的生存武器。走入社会后，又利用这些知识、技能去生产创新，为了什么人的幸福，或为了使谁更轻松快乐，去运用这些武器。而作为一种谢意的表现形式，应运而生的是"金钱往来"，即薪资的支付。这个过程，便是就业与工作。

学习，不是单纯的死记硬背，也并非为了考试。交了卷子就彻底忘到脑后的东西，称不上是"活知识"，它们既不会成为武器，也不会成为护盾。

某天，当我们有了想要守护的人或事物时，想要救助什么人时，感受到社会的不公平、不合理，而打算解决问题时，都需要用到知识的武器。而学习，正是为了迎接这些时刻所做的准备。

小孩子远比大人们以为的更喜欢思考，总在探寻事物的意义与目的。单凭几句浅薄的好听话，孩子根本不为所动。并且，他们会通过我们的言行，去默默观察社会是怎样运作的，成为大人究竟意味着什么。

所有的学习，桩桩件件，皆有其意义。正是身为大人，才更应该勇于求知。况且，不嫌啰唆地再强调一遍，我们成人的学习意愿和乐于学习的姿态，比任何话语都更能给孩子良好的示范与影响。这，才是最重要的"爱的输出"。

神明赐予的礼物

2019 年夏季的某天，我和住在附近的一位朋友约好去吃肥肠锅。朋友发来消息："前公司的同事家也住这附近，我打了声招呼，他们说也要来吃饭。"当天，我去到餐馆一看，除了朋友以外，在场的还有位陌生男士。据说，还有位同事被工作绊住要耽搁一会儿。我们三人便决定点好锅子先吃起来。陌生男士说他喜欢吃辣（尽管我吃辣挺不在行），于是点了一道辣酱肥肠锅。正吃着，来了位戴帽子的金发男性，迟了约 30 分钟左右。而他，就是我现在亲爱的丈夫阿凉。

我一直有几分认真地觉得，阿凉是神明赐予的礼物。和他在一起后，我感觉自己的人生仿佛开了挂，终于达到了无敌状态（不开玩笑）。不管别人说我什么，如何评价我，总有一位绝对的支持者陪在我身畔。因此，我可以放胆尝试各种挑战，每天做最开心自在的自己，一切皆在于有他的力挺。

实话说，我本来对婚姻早已失去了兴趣。"失去了一位家人，与其各奔东西"的体验，远比我以为的痛苦难受百倍。我害怕再一次经历离婚的打击。人干吗非得结婚呢？结婚究竟意味着什么？有阵子，我一直模模糊糊想不清楚。假使有天我会再结婚，那肯定是因为有了小孩吧？否则,就算再喜欢对方,只需要同居就行了……我曾这么以为。

　　然而,和阿凉交往后我却觉得,和这个人在未来大概永远也找不到任何分手的理由。

组队成功!

在我看来,我和阿凉组建的是一支团队。没有地位孰高孰低之分,只是各自擅长的事情和发挥的作用有所不同。我们作为队友,共同拥有一个目标(例如将来移民海外生活!),这比独自一人为目标而打拼,要快乐幸福百倍。遇到难熬的日子,也可以彼此支撑,共同克服。我希望在外面拼杀归来时,家能够成为一个疗伤的港湾,它比世上任何地方都更有安全感。

并且,尊重彼此的梦想,支持各自想做的事,是相处的关键所在。这也关系到团队的成长与幸福。我们都认为这才是良性的关系模式。

这个道理,在孩子(新的团队成员)出生后依然不变。假使说"养育"孩子,似乎有点居高临下。孩子尽管是孩子,也有自己的人生之路要走。我们做父母的,只是为他们提供支持,且只是人生经验稍多一点的队友而已。没有什么"老子养活你"的傲慢,只是在人生的各种时刻,承担的责任有所不同而已。无论家务的分担,还是育儿的方法,团队内部讨论之后再决定即可。世上的每支团队,都有各自的文化,存在差异也是理所当然,大家完全不必强求一致。

其他的团队,即使不以"婚姻"的形态存在,也没问题。况且有些人甚至抱持"不结盟主义"(不抱团? 不组队主义?)。人人都有属于自己的活法,这样真的挺好。这些想法,我和阿凉开始交往数月后,就在当时所住公寓的晾台上,喝着啤酒聊得十分清楚。那时候,我们便打定了主意,"要不,咱们结婚吧? 索性组一支团队,感觉会成为最强拍档呢!"

第 7 章

垫 底 辣 妹 ，

再 度 垫 底 的 日 子

"糟糕的大人"竟是我自己

在这个单元,将重回本书开篇的话题。

2018 年,冬天。《垫底辣妹》的作者、我的恩师坪田信贵,与我共同出席了一次晚宴。回途中天空下起雨来,我们乘上了一辆出租车。时隔许久与坪田老师再度会面,我快言快语,开心地向他汇报起自己的近况。当时,我几乎每天都在全国各地飞来飞去举办演讲。为了"改良日本的教育现状"而满腔热血。正热切地分享着自己的宏图伟愿时,坪田老师说了这样一句话:"所以啊,你得走出国门开开眼界才行。否则,光是对日本国内的教育现状有些片面了解,又如何奢谈'教育'二字呢?"

翌年,我便考入了圣心女子大学研究生院。尽管是来自坪田老师的宝贵意见,我却并未立刻拿出魄力说,"行吧! 那就出去留学看看!"必须抛下的东西,过于重要,我暂时还拿不出这份勇气。我意识到,若要去留学,工作与家人相处的时间,以及"想当妈妈"的梦想,都不得不弃置身后。对我来说,这代价太过巨大。

成为"大人"这种生物后,找借口的本领会越来越强。不去行动的理由,随手能数出一条又一条。"以目前的英语水平实在应付不了。""要是再年轻几岁的话……""留学期间,垫底辣妹会被世人彻底遗忘,说不定很多想做的事再也实现不了。"就这样,我一再逃避和拖延。而某天演讲时,有个高中生这样问我:

"沙耶加老师的人生中,有没有什么后悔的事?"

我不假思索到自己也吃惊,当即便回答:"没有去留学……"

天天大言不惭对着学生们说教,"不试试怎么会知道!"可在回途的新干线上,我却有一股难以名状的作呕之感。此刻的我,有什么资格对学弟学妹说这种大话? 我才是那个最不敢挑战的胆小鬼!

而且,与公立初中共同展开的研究项目临近尾声时,某位老师的话狠狠戳中了我内里的什么东西。

"教师人人都想把课教好,想成为关心学生感受的好老师,或者说,都曾经这么想过。可惜,每天被繁忙的教学任务所追赶,最终只能顾自己,进修的意愿大幅削减,彻底放弃了学习提升的人,我感觉也不在少数。""我认为现在的教师,最缺乏的就是学习时间。"

我并非以垫底辣妹沙耶加的身份,而是作为一名教育研究者,为学校的老师们提供支持,亲眼见证了学生身上显著的变化,开始迫切渴望策划更多类似的活动。

我感到日本的教师群体,不仅缺乏学习进修的时间,其实不懂该学什么,以及从何入手的人也相当多。时间、机会、资源……在教学现场一律都很欠缺。在当下的时代,一切瞬息万变,想在社会上生存下去所必需的技能,当然也和二十年前大不相同。教师们承担的角色、教育目标等,也必须不断改版升级。然而,身处最为关键的教学第一线,老师们却没有可兹利用的、更新技能与知识储备的系统保障。这一点,通过过往的研究项目,我有了切身的感触。

随着我在实践中了解得越多,对现状的理解越为深刻,我开始觉得,把如此重要且难解的教育课题,悉数推给教学前沿的老师,未免太过残酷。明明要求高水平、高质量的教学,却连开展有效培训的场所和学习进修的时间都不提供给老师。那么,想在学校培养孩子走上社会时所需的良好素质与战斗力,岂非一种奢谈?

我愿意代替教学现场的老师去进修深造,不仅以垫底辣妹沙耶加的身份,同时也作为一名教育领域的研究者,在现场发挥作用。在撰写硕士论文的过程中,这个念头越来越强烈,到了难以按捺的程度。

似曾相识

于是有一天，我在书桌前埋头搞研究课题时，忽然喃喃自语道："要不要挑战一把出国留学?"当时我还没有下定决心，只是自言自语。

谁知，坐在背后沙发上的阿凉却高声道："感觉超有意思! 我看行!! 我也要去!"我吓了一跳，忙回头看他。他果真眼神亮晶晶的，一副开心的神情。望着兴致勃勃的阿凉，我也高兴起来，"哦! 那我真的努力试试看咯?!""当然真的了! 你绝对能行!"八字还没一撇呢，我俩便拥抱在一起，开心地蹦蹦跳跳。这一幕，我至今仍记忆鲜明。

当时的情景，感觉似曾相识。和坪田老师初次见面，决定要报考庆应时，我飞奔到家，和妈妈也曾这样抱在一起。"麻麻，我要考庆应啦!"妈妈闻言喜极而泣。"沙耶加好棒啊! 你绝对能行，麻麻会全力支持你!"

最亲近之人的心态，真的会左右事情的结果。参加大学统考的时候，还有本次报考海外的大学，皆是如此。我总能得到身边之人的信任，从而拥有进取的动力。假如阿凉当时是另外一种反应，如今我肯定不会置身于此。

　　就这样,我终于下定了留学的决心。年龄什么的,不该是阻拦梦想的借口,想做我便去做。一直心心念念向往的海外留学,我决定现在就坐言起行,去学自己想学的东西。

成人的应试学习

申请就读美国的大学，需要在雅思或托福英语能力考试中取得合格的成绩。例如，我拿到录取资格的哥伦比亚大学教育学院，要求满分为 9.0 分的雅思成绩达到 7.5 分，满分为 120 分的托福成绩达到 100 分，否则就会被淘汰。这意味着："很抱歉，您的英语水平无法达到录取要求，请继续努力，从头再来。"哪怕你的申请理由书和推荐信写得再漂亮，英语能力不足，也会被判定为"无法理解授课内容"而不予录取。

我初次参加托福考试，是在 2020 年 8 月。考前把日本实用英语技能检定准二级与二级的词汇以及中学程度的英文语法全都复习了一遍。尽管如此，却只拿了 62 分，相当于英语检定二级水平。此时距离当年考庆应已过去了将近 15 年，那之后我从没好好看过一眼英文书。做梦也没想到，那种死磕学习的日子又回来了。托福 100 分，该怎样才能达标呢？我一筹莫展。更何况，托福考试与英检、多益测验不同，要考查阅读、听力、会话和写作四个方面的技能。

毫无疑问，这种英语的评分制度，是申请海外研究生院时最难逾越的高墙。要是早年稍微有点留学经历,恐怕现在也没这么犯难吧……可事到如今,为时已晚,懊悔的念头每天在我脑子里盘旋。不过,说这种话也于事无补,时隔15年我又开启了突击学习模式。

最难逾越的高墙

英文成绩始终提不上来,我每天哭丧着脸扑在书桌前苦读。为什么从前我能学得那么起劲?太累了,太惨了……"不试试怎么会知道!"那个天天觍着脸当众说漂亮话的自己,让我一想起就来气,但是每天依旧以八小时为目标坚持学习。

我把自己在本书中写到的要点,在演讲时对学弟学妹们传授的方法,毫不打折地实践了一番,从如何激起强烈的斗志,保持没来由的自信毫不怀疑,再到制定战略以及意念控制。只是,身边没有坪田老师那样的教练,让我倍感辛苦。没办法,只能自己充当自己的教练。我从网上搜集了各种资料,从中寻找适合自己的方法,一面反复修正轨道,一面找出自身的薄弱环节逐个击破。

体会到独自学习的艰难后,我在疫情暴发,全国学校停课那段日子,利用自己在 YouTube 的个人频道"垫底辣妹 Channel"开辟了线上直播间,启动了一个名为"Study with me"(和我一起学)的活动企划,类似于把具有相同意愿的人召集起来,大家一起补习功课的自习室。

此外,我还在 YouTube 上宣言:"本年度之内突破托福 100 分!

倘若无法达成,本人愿意向慈善团体捐款 400 万日元。"彻底把自己逼到了绝境(此处请参照第 2 章第 4 节的"拥有成功者心态")。只因坪田老师打趣地向我提议:"要是你读书偷懒考试不能达标,最好能给社会做点贡献,索性把一年的学费捐出去得了。"真是个魔鬼呀!

我每天嗓子都哑了,在直播间重复着听音跟读、朗读、在线会话、背诵词汇、精读、速读的练习。总之,把主流的英文学习方法统统尝试了一遍。"你这人,嘴上嘟嘟囔囔牢骚挺多,可干活的手却从来不停,挺厉害嘛!"坪田老师对我提出了表扬。确实,这次的学习经历中,我也几次三番冲阿凉哭鼻子:"我恐怕坚持不下去啦!""我大概脑子不好吧!"简直满腹怨言,能把人烦死。

就这样,历经多种多样的尝试后,我终于在 2021 年 11 月完成目标,突破了托福 100 分。紧接着,又在 12 月成功获得托福 104 分的成绩,达到了哈佛教育学院的英文合格线。

"Study with me"直播间里与我共同学习了一年多的伙伴们,纷纷欢天喜地,仿佛是他们自己拿到了好成绩,让我开怀不已。仔细想来,包括素未谋面的陌生网友,有这么多人齐齐为我的个人挑战加油呐喊,真是人生中破天荒的体验。"看到沙耶加这么努力,我也要加把劲!"每周必来直播间打卡的学友大有人在。比起"目标未达成,捐赠一年学费",而向大家报告"我达标啦!"同时以实际成果向众人证明了"不管多少岁,想干就一定行!"的愿望,其实更为强烈。为此我才能坚持到底。所以说,有一起努力的伙伴,实在太重要了。

正式的托福考试,说真的,我总共挑战了 20 来回(每次的报名费可不便宜,诸位读者朋友如果不想考这么多次,请务必要早做准备)。每次的成绩变化,如此页的表格所示。这实在是个艰苦、忐忑、孤独的过程,甚至如今每当回想起来仍会为之泪目。但同时我也清楚,坚持投入地做下去,英语能力也确实在一步步提高。以突破托福100分为目标拼命用功到最后,我的英文水平进步了不少,和两年前早已不可同日而语。

2020—2021 年　托福成绩一览表

2020 年 8 月 25 日(第一次)	R21	L11	S13	W17	*Total 62*
2021 年 2 月 2 日	R22	L16	S15	W21	*Total 74*
2021 年 3 月 3 日	R20	L20	S15	W22	*Total 77*
2021 年 4 月 6 日	R20	L21	S17	W19	*Total 77*
2021 年 4 月 12 日	R24	L17	S17	W20	*Total 78*
2021 年 4 月 24 日	R22	L16	S18	W21	*Total 77*
2021 年 4 月 28 日	R26	L20	S17	W21	*Total 84*
2021 年 7 月 6 日	R20	L22	S17	W22	*Total 81*
2021 年 8 月 10 日	R23	L23	S22	W25	*Total 93*
2021 年 8 月 18 日	R22	L22	S22	W22	*Total 88*
2021 年 9 月 29 日	R27	L24	S23	W23	*Total 97*
2021 年 10 月 13 日	R28	L21	S23	W26	*Total 98*
2021 年 10 月 27 日	R27	L21	S21	W24	*Total 93*
2021 年 11 月 9 日	R29	L24	S22	W25	*Total 100*
2021 年 12 月 8 日	R25	L19	S20	W23	*Total 87*

2021 年 12 月 12 日	R26	L24	S24	W25	*Total 99*
2021 年 12 月 15 日	R28	L23	S23	W23	*Total 97*
2021 年 12 月 19 日	R29	L28	S23	W24	*Total 104*
2021 年 12 月 22 日	R29	L28	S20	W20	*Total 97*
2021 年 12 月 26 日	R27	L28	S20	W25	*Total 100*

麻将理论

时隔15年重新开启应试学习,我感到现在(34岁)与当年(17岁)之间,存在一个巨大的差别,就是"难以保证充足的学习时间"。做学生的时候,既没有全职工作,也多半用不着养活家人。"学生的工作就是好好学习哦!"亲戚里偶尔会有人这样说教,但确实所言极是。一辈子当中,能让你无拘无束、专心向学的时间,离开了学校以后,恐怕一时半会儿很难再有。

如同我在前文中所述,明明是曾经深恶痛绝的学习,长大成人后却悔不当初,"真想再好好学一次啊!"有这种想法的大人可不在少数。有心把书本捡起来的时候,最困难的情况是:"学习以外的杂事、烦心事实在太多,就算有意用功读书,也无能为力。"诸位同学或许不愿相信,但这样的现象,相当真实。

不过话虽如此,一旦决定解锁一项新挑战,首先应当做的,便是"确保充足的时间"。但可惜的是,一天只有24小时。那接下来该做的,便是"放弃点什么"。

实际上,我决定参加托福考试后,最先考虑的就是,有意减少一些演讲的次数来保障学习的时间(结果因为疫情,演讲的邀约自然而然变少了)。

坪田老师将之称作"麻将理论",并传授给了我(备注一下,我和老师平时都不沉迷搓麻将)。每次开局,每个人的牌数是固定的,一律是13张,打出一张后,才能再摸一张替换进来。这和我们的人生是同样的道理,假如手里抓满了牌,就腾不出手去拿新东西。因此,有时候懂得放弃也很重要。

突然聊起了麻将的话题,有的学生或许会大感诧异,我再举个身边的例子。比如,你有参加社团活动吗? 如果有,是不是偶尔也会感到"社团活动和考试两手同时抓,累得要人命"?

这也是我接到最多的烦恼咨询。社团活动,从学生的角度来看,我想意义重大。和小伙伴们为了同一个目标每天挥洒汗水拼命练习,这份体验真的非常可贵。而为了获得这种美好的体验,参与社团活动可谓是最好的途径。

可是,万一因为社团活动荒废了复习考试,该怎么办呢? 你觉得,只能把精力专注于其中一项,否则两边都不会取得好结果,该怎么办呢? 区分好两件事的优先次序,学会放手,我认为这样的处理方式有时也很必要。我在备考过程中,总会选择把其他事项先彻底抛在一旁。否则我自己也很清楚,最终不会有什么好结果。

和参加社团活动,跟小伙伴们齐齐为了某个目标而拼搏,并快速获得回馈比起来,学习的投入与付出,或许很难立见成效。不过,假使你能熬过种种辛苦,铆足了全力深耕到底,今后的回报会相当丰厚,这点我有切身的体会。

在我看来,学习,是这个世界上成本收益率最高的投资项目。这种收益不仅体现在金钱方面,它更会为你带来机遇、经验值等,在人生中重要系数高得多的东西。能够切实感受到回报的日子,不在一周或一个月内,而往往延迟在数年以后,但来得越晚,回报相应也越大。

当然,或许也有努力从事社团活动而改变人生的实例。甚至有的人,不管社团活动,或是学习考试,都能勤奋进取,搞得有声有色。"两手都要抓!"坚持两边都不放弃,固然十分了不起,但若为此累坏了身体,恐怕两边都无法收获理想的效果。从长远来看,对自己真正重要的究竟是什么? 在这个问题上,养成看透结果的分辨力,我认为非常重要。

申请海外研究生院校,和谈恋爱差不多

　　为了扫清英语方面的障碍,我抱着不成功便成仁的决心,日日苦读的同时,还对目标院校进行了深度的调研,把各院校官网上的信息,边边角角毫无遗漏地仔细读过之后,又把教授们的论文粗略浏览了一遍,挨个给在读生或毕业生发私信,恳求对方"请谈谈您的经验好吗?",然后从中挑选适合自己的院系与项目,花费几个月时间撰写符合各校录取要求的申请理由书,再一连几十遍地反复修改润色。接着,又请坪田老师、益川老师,以及曾合作研究项目的中学校长撰写了推荐信(通常为两到三封)。终于,在2022年初,完成了针对七所教育学院的书面资料投递。这一年里,我连圣诞节和新年都没心思好好过,便匆匆打发了,把所有时间都献给了递交申请。为了分秒必争,甚至压缩了洗澡的时间,连洗头都减少到两天一次。

　　"申请海外的研究生院校,和谈恋爱差不多哟。"这话,来自海外留学辅导校"Crimson Education Japan"的代表松田悠介先生。在本次报考过程中,他给了我不少建议。书面资料是经由线上的登录窗口投递的,每所院校的截止日期各不相同。在期限来临前,我把递交该研究项目的"情书",即声情并茂的理由书一遍又一遍改写润色,并针对项目重新进行分析调研。也就是说,在各校窗口关闭之前,脑子里要装满每位"恋爱对象"的倩影,深深地为之着迷。因此,可以说我对各位对象的热度,每周都在变化和交替。

哦?这个项目挺不赖的嘛……能学到想学的东西,教授的论文课题和我的兴趣也很接近……赶紧读读教授的著作,再查查有没有相关的视频……对项目的了解越多,爱意就越浓。"好想去这所学校!"我搓手兴奋起来,又问了问在读生和毕业生的意见,热情益发高涨。这感觉类似于,"哇,不敢想象如果能跟这个帅哥交往,会有多快乐!还能学到好多东西!说不定他的前女友也会赞不绝口大加推荐呢!"尽管后一种情况在真实的恋爱中通常很难发生。

我对每位"对象"都爱得如痴如醉、难解难分。而最终,有两所院校与我情投意合,那便是哥伦比亚大学教育学院和加利福尼亚大学洛杉矶分校教育学院(简称:UCLA)。在一连串"No, thank you"的回绝信当中,能拿到这两所院校的 Offer,真让我开心到涕零。老实说,我早已扎好架势,做好了全部被拒的心理准备。当你想要"申请"什么,就必须细心地附上全部理由,这宛如一场爱的告白。

UCLA 是少数对我的爱意表示了悦纳的对象之一,而且专业度极高,出乎意料地抢手。在众多的申请者当中,它选择了我。我很清楚,如果能进入 UCLA 深造,一定非常快乐,也会有许多精彩的邂逅,能学到我想学的一切。可惜,我最终没能接受它的好意。这使我又纠结又抱歉又伤心。上高中的时候,有个被很多男孩追求的朋友曾说,"比起被甩的一方,甩人的那个才更痛苦呢"。如今时隔 17 年,我又想起了这句话。

我决定拒绝这么棒的 Offer,选择哥伦比亚大学教育学院。哥伦比亚大学教育学院,汇聚了全世界最富热情的教育学者,是全美范围内历史最悠久、规模最大的教育研究院。虽以"教育"一语概括,但该校实际设有 100 个以上的研究项目。在这里,不仅可以比 UCLA 多学习一年时间,还可以得到更多机会,在更广阔的领域里,从更多样化的视角去研究和思考教育。纽约,号称全世界最自由的都市。这片土地的个性不仅与我更匹配,所遇之人的层次以及多元化的氛围,或许都和其他地方大不相同。况且,我准备攻读的 Cognitive Science Education(教育领域里的认知科学研究)专业,拥有高水准的教授阵容,所有课程都和我的学习需求恰好匹配。

就这样,我的海外留学申请拉上了帷幕。与在日本考大学完全不同的这套流程,感觉好似用一根线串起了我人生的过去、现在与未来,并且用语言整理、概括了出来。渐渐地,我不仅更了解对方,也更明白了自己,委实不可思议。

从这个阶段,我和教育学院开启了正式的"交往"。对我来说,对方如同一朵"难攻不落的高岭之花"。有幸被对方选择,我希望建立起良好的关系,千万不能让"爱人"觉得,"当初难道看走了眼?"

小插曲：老爸，过去的日子里，对不起！

　　事情来得挺突然，2021 年夏天，我的妈妈竟然离家出走了。"哈？你的父母不是挺恩爱的吗？"对于一直抱有这种印象的读者朋友，非常抱歉，现实从不像我们希望的那样简简单单、一帆风顺。

　　和往昔相比，他们二人的关系确实和睦了不少。但说到底，妈妈尽管已一把年纪，在惹怒老爸这方面，依旧是宝刀未老的天才。老爸呢，是个暴脾气，一有事就压不住火，两人每年都要大吵好几架，乐此不疲。

　　并且，吵到最后，妈妈终于策划了一场长达三个月的大型离家出走计划。大概她已打定主意要离婚了吧，把行李一打包，就飞奔出了家门。我们一家人，也全部做好了心理准备，"这一天到底来了啊……"

　　那时候，老爸估计也有了心理准备，妈妈恐怕再也不回这个家了。关于没有妈妈的未来，大约他也做了一些具体的设想吧。其间，他联络了我们好几次，打听"你妈，她还好吧？""挺好啊！"我答。"是吗，那就好。"他简单回了句。

　　这个人，对感情怎么就不能坦率点呢？我简直想哭，狠狠说了些重话,把他责备了一通。"老爸,你这副坏脾气再不改改,将来会孤独终老哦!干吗老是动不动就发火呢?因为你,多少人受到了伤害?做人别太任性!"我当时真是憋了一肚子气。

三个月后,在双方共同的朋友的调停下,老爸和妈妈来了一场深谈。老爸道了歉,发誓今后不管发生什么,努力做到再也不扯着嗓门大吼大叫乱发脾气。随后,妈妈跟他回了名古屋。

而接下来发生的事,震惊了所有人。用妈妈的话说,那之后老爸再也没闹过脾气:"要是搁在往日,我做了什么惹他不高兴的事,他肯定暴跳如雷,现在一点也不。"我们全都半信半疑,"人的性子真会转变这么快?"

我决定赴美留学后,妈妈提出全家人说什么也要结伴旅行一次。于是,妹妹和男友,我和丈夫,再加上爸妈两人,一家六口去冲绳的宫古岛玩了三天。

老爸咨询了在宫古岛定居的朋友,在对方的帮助下订好了酒店和租车服务。当时正值梅雨季,我们一家却有幸遇到了奇迹般的晴天,玩得特别尽兴。

旅行的最后一晚,妈妈去别的房间先睡下了,剩下我们几人凑在一起喝酒聊天。我的丈夫阿凉和妹妹的男友,向老爸问起了一些以往我们不曾问过,事到如今也更不会去打听的往事,"爸爸,30年前您为什么会选择自己创业呢?""那之前,您在做什么工作?"于是,以此为契机,老爸喝着柠檬气泡酒,极其少有地打开了话匣子。此时,我才破天荒直接从老爸口中得知,我出生那年他为何告别了白领工作,创办了一家小型的汽车销售公司。

早年间,我的祖父经营着一间保龄球场和主要贩卖保龄球周边的公司。后来保龄球的热潮退去,公司破产,再加上被好友欺骗,而背上了高达1亿5000万日元(在那个年代!)的巨额债务,不久又因精神压力罹患癌症,几年后便英年早逝了。身为大学教授的祖母,为了努力还债,拼死拼活工作了几十年。但单靠祖母一人的力量,实在无法还清欠款,老爸和他的弟弟(我叔父)醒悟到,仅凭工薪族的收入远远是不够的,这才创办了一家公司,开启了自己的事业。而十几年后,终于还清了所有债务。

当晚老爸一反常态,绘声绘色讲了许多往事,也笑眯眯地倾听着大家的交谈。大约午夜12点多时,望着走出房间的老爸,我问了句:"你上哪儿去?""你妈睡了吧? 我去瞧一眼。"他答。究竟是怎么回事? 老爸怎么像换了个人? 作为女儿,难得见他有这样的温情举动,一时不知该如何反应。整个旅行过程中,老爸岂止一次也没有红过脸,甚至从头到尾笑呵呵的,一副心情不错的模样。这也太神奇了!我也开心起来。

返程的飞机,只有爸妈二人搭上了回名古屋的航班。临行前,老爸默默替我和阿凉结清了酒店的费用,而后交代,"去美国要多当心"。这便是我们父女的饯别仪式。

回途中阿凉说:"我好喜欢沙耶加你的家人啊! 尤其是爸爸。"这句话,让我松了口气。

我突然意识到,老爸他肯定老早便盼着这样一天吧,盼着得到家人们的认可，希望温柔地对待家人，更希望听到大家说喜欢他。实际上，他乐意方方面面为大家操心、张罗，想听孩子们说一句："爸爸，爸爸，谢谢你！"而使他无法达成心愿的或许反倒是我们。再早些年，多听听他的话该多好。能随便和他唠唠家常，该多好。那样一来，他和妈妈的关系肯定会更早得到修复。老爸的怒火，其实是内心寂寞的呐喊啊。

小时候，老爸看起来似乎只操心弟弟的事情。至于我，仿佛是死是活都无所谓。我始终对他憋着口气。如今，若是让我坦白当年内心的感受，老实说，我是期待多跟他亲近玩耍的，也愿意多和他聊聊天。当年的遗憾，感觉不知为何，在这一刻悉数得到了弥补。其实，即便是老爸，也一直非常寂寞。多年以来，他恐怕比谁都要孤独。

并且更重要的是，老爸之所以总发脾气，也是因为对妈妈爱得太过深切。他这个人，也不知为何有点难相处，太过敏感纤细，所以总被大家误解。这么想来，他的暴脾气，只是把内心积郁的委屈、失落用过激的怒火形式排解出来。可越是这样做，一家人越是护着妈妈，把他当恶人，反而使他更受伤，认为"谁也不懂我""在这个家我总是孤立无援"。

通过这次旅行，我终于理解了老爸的寂寥。他那副全程喜笑颜开的样子，我还是平生第一次见到。今后，他大概不会再抱怨"我在这个家里总被排挤"了吧？每个人都喜欢和他亲近。全家人拍合照的时候，我听见他嘴里喃喃自语，"老头子我可真幸福"。

身为一家人，只要能这样彼此成长，就是美好的。起初不那么完美也没关系。哪怕花费 30 多年时间才慢慢成熟起来，也没问题。此时此刻，我们一家，毫无疑问是最最幸福的。望着父母二人亲密开心的笑容，比世上任何事，比一切的一切，都更快乐满足。

了解差异

此刻,2022年9月,我来到纽约已然两个月过去。在这座城市,没办法只花500日元就吃到美味的牛肉盖浇饭(前几天在大户屋吃了顿韩式猪肉泡菜锅套餐,就花了我大约4000多日元),没有瞧不见一片垃圾碎屑的街道(到处脏脏臭臭),也找不到一间干干净净的公厕(温水冲洗屁屁的马桶就更别奢望了)。桩桩件件,以往我视之为理所当然的事物,在这里却并非理所当然。日本有太多值得我们感念的细节,也有不少其他国家学不来的好处。

纽约,坦白来说,跟日本截然相反。当然,人也是完全互逆的两种类型。纽约人不在乎他人的想法感受,能直言不讳地表达自己的主张。

前几日,我在地铁上看到一位推婴儿车的妈妈,冲座位上的某大叔直接喊话:"你往旁边挤挤,OK?我要坐下。"大叔一言不发,准备沉默地将"No"进行到底。此时旁边另一位男士气势汹汹地催促:"喂!你给她让开!"大叔才终于腾出了空位。到了下一站,又上来位推婴儿车的妈妈,某个恰好跟她一起上车的年轻人忽然亮开嗓门纵声高歌。这位妈妈没好气地怒喝:"我的宝贝正睡觉呢,麻烦你收声!"随后,又有人牵着两条狗(并非导盲犬,怎么看都是宠物,并且属于中型犬)在车厢中央的位子大大咧咧坐了下来,和旁边一位男乘客为了狗子吵得不可开交。

一团混乱。每个人都在坚持自己的主张。并非说这种纷争是什么好事,但我想,此类现象在日本基本很难撞见。一次次目睹类似的情景,让我学习到,这个国家不存在日文俗语里称作"阅读空气"的察言观色的文化。

仅仅是乘坐地铁,我头脑里那些"理所当然"的思维定式,就已迅速崩塌。置身于不同文化当中,我对过往长年生活的环境有了更深层次的理解,着实不可思议。

在美国,哪怕是对收银台的小哥,我也会问候一句"Hi! How are you?"(嘿,你好吗?),走的时候再以"Have a nice day!"(祝一天愉快!)道别。有的读者会觉得,"哪怕跟不认识的人也能轻松自在地打招呼,我好喜欢这种文化!"但也有的读者或许会认为:"好别扭啊,我可不愿意跟素不相识的陌生人搭腔。"(顺便说,我个人觉得这种文化棒极了!)

就这样,首先认识到"差异"的存在,对了解自己的国家、了解自身来说,是必不可少的步骤。"你只见识过日本,又如何能谈论日本?"坪田老师这句话的真意,我是来了纽约之后才真正理解。

日本的常识或准则,并不是通行全球的规范。日本的事物,也不是去往世界任何地方都会存在。倒不如说,净是些唯独日本才有的现象。首先,我们应当走出国门,或与门外的人对话,了解和认可彼此之间的差异,而后才能通过更深刻地理解自身,陆陆续续看到更多不同的东西。

通过这种方式,我在纽约这座充满刺激的城市,每天接触形形色色的新事物,而后再反观日本,对之加深思考。留学,当真是一系列更新认知的过程。

拥有自己的人生

在学院开设的夏季语言训练班里，某天，同学们围绕"隐私"问题展开了讨论。班里的人员构成，基本全是中国人，只有两名哥伦比亚人以及我和另一个日本人。提到中国，两位哥伦比亚同学说："和中国比起来，我们国家的科技水平没那么发达，犯罪率也畸高，智能手机随便放在身边，眨眼间就会被偷走。"

那么，日本又如何呢？日本的犯罪率不似哥伦比亚那么高。岂止如此，纵使放眼全球，日本也算得上最安全的国家之一。这到底是为什么呢？我们不妨略加思考。

历史上，圣德太子在《十七条宪法》的开篇处便倡言"民以和为贵"，这句话原本出自孔子的《论语》。它的意义在于，给社会生活制定人皆遵守的规范，要求民众之间抱着协作态度，没有纷争地彼此和睦相处。如今，置身于纽约的城市文化之中，这里倡导的却是不介意他人的眼光与看法，自己想怎么穿衣就怎么穿衣，想干什么就干什么，大胆坚决地表达自己的意见（结果是常常带来混乱），我才痛感到，日本人对"以和为贵"的哲学有多么坚持。

日本人十分看重人与人之间的"和气"，不太有人去扰乱这份和谐。如果有谁敢特立独行,稍稍出点风头,马上就会遭到警告或训斥。大多数日本人,活得过分在乎他人的看法。在我看来,日本的良好治安、清洁的公厕、安静的电车⋯⋯这一切,都是"和"文化孕育出来的产物。

但与此同时,参加了大量演讲会之后我发现,许多日本人感到"尝试做出挑战"和"自由自在地生活"门槛实在太高。此外,恐惧失败的人也多如牛毛。我们所接受的教育,是在考试之中追求"唯一正解",这种消极观念或许早已深植于国人的潜意识层面,因此总拿"正确地活着"来要求自己,也要求他人。而结果,也许是在各种"为你好"的打压下,本应得到发挥的才能最终也被扼杀了。

不过,从日本稍微向外踏出一步,我才发现,之前以为的"普通""正确""常识",会发生 180 度的翻转。在日本,人所认定的"普通",用世界性的眼光再打量,往往会变得十分"特殊"。况且,即使在日本国内,"普通"与"正确"的标准,也会随着时代的更替而改变。既然如此,所谓的标准、尺度,岂非根本靠不住? 再说了,标准这种东西多少也是因人而异的,不该强迫他人遵从。

如今,我们应当具有的,是按照自己的心意去生活的能力。听过了太多哀叹找不到热爱与梦想的孩子和父母监护人的声音,我意识到,日本教育的 Bug(漏洞)正是卡在这里。每个人必定都有自己喜欢做的事,和愿意为之燃烧热情的梦想,只是社会总规训他,"你不该喜欢这些",要么"不该为这种事感到兴奋"。我认为,无论大人或孩子,都该多多面对自己的真实感受,并勇敢表达出来。

我深爱日本的文化,也深信日本人的谦逊好客、服务周到、待人的友善真诚,是足以骄之于世界的品质。因此我们不妨抱着自信,尽情去做想做的事好了。我并非在鼓吹"彻底去模仿纽约人自由奔放地生活吧!"(那样做会丢失日本人本身的一些美好特质)而是想劝告读者朋友,简简单单,依从自己的本心度过自己的一生,并发自内心地感到,"活着真好!"

垫底辣妹,再度垫底的日子

2022 年 7 月,在学院的课程正式开始两个月前,我便来到纽约,参加了哥伦比亚大学开设的专门面向留学生的语言训练班。学院 9 月才正式开课,我为自己的英文水平感到担忧,所以提早两个月抵达,想稍微补补英文,为即将到来的秋季学期做点准备。

英语课开始了。我早早做好了心理准备,而现实也与我的预期不差毫厘。在我面前,是一个唯有自己无法参与交流的英语世界,因为我听不懂大家都在说些什么,也表达不出自己的想法。尽管如此,课堂上却被要求必须用英文发表意见。

有天,老师挑选了一段播客让大家练习听力。听完我一头雾水,完全不知道什么意思。可越是这种时候,偏偏会被老师点名:"沙耶加,你说说看,这段话在讲什么。"我勉强榨出一丝勇气,操着蹩脚的英文不知所云地说了几句。话音一落,所有同学都爆发出迷惑的笑声。但更悲哀的是,我连大家为何而笑也听不明白。羞耻、悲伤同时袭来,我恨不能原地蒸发。只有我与大家沟通困难,这种处境我生来还是头一回遇到。

终于,我再度成了群体里"垫底"的人。从世界各地聚集而来的优秀同学,充分利用他们的经历与背景,在我面前侃侃而谈,想必讨论得十分尽兴。而我呢,连他们话中一半的意思都理解不了,压根无法面对面参与讨论,贡献一丁点意见。

如今想来,当年我学习那么差劲,在全年级排名倒数的时候,也完全没什么大碍。管他年级垫底还是偏差值只有30,至少我和朋友、老师之间不存在对话方面的困难,也不会因为缺乏生活技能而一筹莫展。然而,此时此刻,我连普通的交流都完成不了。

不过,愁眉苦脸也没什么用处。不会的事情,终究还是不会。起初,我总犹豫:"自己虽然想这样讲,但万一错了该多丢人……"所以迟疑之间,要么话题早已切换,要么被别人抢走了话头,根本轮不到开口的机会。就那样,老大个人了,一脸难为情地被晾在原地。后来,我终于改变了态度。

无论出错,或是被大家哄笑,我已彻底习惯。反正没有任何人对我抱以期待。"既然如此,眼下的处境对掌握一门语言来说,不是最棒的吗?"我换了个角度看待这个问题。失败是理所当然的,但稍微讲得好一点,立刻会得到大家的肯定:"哟,这个女生有进步嘛。"没错,就算听不懂也要积极地发言:"交了这么贵的学费,我得收回本钱才行!"我开始燃起了斗志。

如今这个时代,科技的进步使我们可以体验一切,窥探一切,各种讯息皆能够毫不费力地被掌握。但单纯的"知道",和切身的"体验",却有云泥之别。很多道理,唯有亲身体验过,或许才称得上真正"知晓"。来到纽约,在这所校园里学习之后,我才深刻认识到之前自己身处的世界何其狭小。仅仅是和不同文化里生长的人开启对话,我内心之中固有的"正确""常识""理所当然"便立刻得到了重塑,看待和观察世界的眼光也随之而改变。这,才是真正的学习。不管活到多少岁,总有无数应当学习,也可以学习的东西。

留学生活过去了两个月,此刻我"垫底"的处境依然未变,但我自身已获得了巨大的进步,课堂上能做到大大方方举手,大大方方发言(尽管还是一口蹩脚的英文),甚至时不时得到老师的表扬,"刚才沙耶加的发言内容十分重要哦"。就这样,在英语会话方面一点一滴积累了不少成功的体验。哥伦比亚人、美国人、中国人、印度人、俄罗斯人、阿根廷人、格鲁吉亚人……我和许多同学成了朋友,每周和她们出门玩耍,开心地谈论各种话题,一直聊到太阳下山。

人生,是一趟充满趣味的旅程。正因为无法预测,才更有趣。光是想象两年后的自己,我就会快乐地嘴角浮起微笑,这在参加大学统考以后,还是头一回。至于十年后,我就更加期待啦!

接下来,我也要紧紧抓住机会,在这个城市这所大学继续学习下去。但愿能用此处学到的东西,为学弟学妹们谋求更美好的未来。说到底,学习果然是人生中最划算、最值得的投资。如今,我更深切地感受了这个道理。

后记(2022 - 9)

2022 年 3 月,我决定赴美留学以后,身为 IT 工程师的丈夫阿凉,便立刻向已经任职 16 年之久的 IT 公司提交了辞呈。这些年,我从他口中从未听到过对工作、对公司有任何抱怨之词。然而,他说辞就辞,十分干脆。两个月后,在亲密同事的一片惋惜声中,他当真离了职。

"'跟随沙耶加去美国'这个表达不够准确。"他笑着说,"我只是听从自己的意愿,为自己的人生做了选择。我辞职,并非为了你,只是自己恰好想去纽约生活,这个机会真的正合适!"

需要说明一点,阿凉的英文底子也很薄,充其量只够应付一下海外旅行。但他却早早下定了出国的决心,打算旅居纽约期间去逛逛美术馆,读读书,泡泡爵士乐酒吧,在当地交交朋友,学门语言或者什么新技能,好好体验一把在日本很难体验的异国生活。他似乎更把这段时间,当作一种对未来的投资来看待。

阿凉的做法,在日本或许确实不够"正常",但近距离观察纽约人多彩多姿的生活方式,我对何谓"正常",有了另一番思考。过去我所认定的"正常生活",到底包含什么呢?

结果我发现,这个世界压根不存在一种普遍适用的所谓"正常"的标准。既然如此,我们只能自己去打造属于自己的人生。没必要被什么"正常"的准则所束缚。唯一需要遵循的准则就是:"你有没有依照自己想要的方式去生活。"

我想告诉所有孩子:"这样活着也可以!"假如我能用自己的人生为他们充当示范,让他们明白"活成自己想要的样子"意味着什么,同时得到他们的认可,"我也要像沙耶加那样过一生!"那么,他们一定乐意主动去学习吧。

我要通过自己勤学不辍的姿态,向他们证明:学习,不等于死记硬背,也并非什么苦行,而是拓展我们人生可能性的最强大的手段。

今后,我也希望放开眼界,多多领略前所未见的新天地。与世界各地的人广交朋友,海阔天空地畅谈。同时我祈愿,自己的孩子那一代人,能够活在一个将"跟随本心去生活"视为理所当然的时代。为了缔造那个更为自由包容多元的社会,我希望成为贡献力量的一员,在此地尽情地学习吸收,拥有更充分的自信,并以所学持续地回报社会。

2019 年,我在执笔《纵身一跃:垫底辣妹自传》的时候,主要面向的是初高中生读者。不过,来到纽约后,我的心境发生了转变。现在的这本书,是 34 岁的我与 30 岁的我一同写出来的。我希望通过它告诉所有人,持续学习,以及自主选择人生有多么重要。

与年龄无关,正是身为成人,才更需要学习,用整个生涯去不断拓宽认知。我相信,这最终会成为一个人所拥有的最好的教育。

最后,我要向始终以最深的爱意与温柔,支撑我每个选择的丈夫阿凉,充分理解我、向我伸出援手的家人,总在我人生的重要转折点上,为我提供契机的恩师坪田信贵先生,再次致以衷心的感谢。此外,申请海外研究生院时,对大大小小的问题皆一窍不通的我,同样获得了许多人的支持。从在我身边,近距离为我提供最多建议的松田悠介先生,到更多遥远的好心人,我由衷地感谢你们!同时,读了《纵身一跃:垫底辣妹自传》的原稿后,兴奋地宣布"应当让更多人读到这个故事!"于是讲谈社濑尾编辑和新町主编策划出版了此书,能够得到如此宝贵的机会,我真的开心极了,谢谢你们!

另外,比什么都更可贵的是,把这本书拿在手中,一直读到了最后一章的读者朋友,真的万分感谢!实际上呢,坦白来说,垫底辣妹的故事越是被更多人知晓,我心里就越忐忑,"我只是参加了一场考试而已……并没干过什么值得大家如此抬举的大事……"这早已不是态度谦逊,而几乎是卑微了。每当此时,就会遭到坪田老师的呵斥:"那又怎样啊?难道说足球选手们只是追着球满场乱跑而已,压根没干什么了不起的大事?"

在大家印象中,我这个人或许总是毫无理由地乐观、阳光、积极。其实压根没那回事。尽管如此,我也愿意这样勇往直前,为了什么目标去努力。而赋予我勇气的,是那些来自读者的反馈:"因为沙耶加的影响,我的人生才发生了改变!""有了沙耶加的鼓励,我如今才能全力以赴!"正是在大家的肯定声中,此刻我才铆足力气站上了新的

254

舞台。这是真的。

　　这本书,我想,只是向大家汇报一下自己刚刚发起的新挑战。将来,或许我还会在某个新的国家或城市,继续汇报此后的经历。我会加油的! 今后,希望读者朋友也能在什么地方分享一下你们的精彩旅程。我们彼此都要尽情尽兴地活出自己闪耀的人生!

　　在此,谨向诸位致以真诚的感谢! 改日我们再会!